K.

Andrea Camilleri

Die Pension Eva

Roman

Deutsch von Moshe Kahn

Kindler

Die Originalausgabe erschien
2006 unter dem Titel «La pensione Eva» bei
Arnoldo Mondadori Editore SpA.

2. Auflage März 2008

Satz aus der Guardi PostScript, InDesign, von
Pinkuin Satz und Datentechnik, Berlin
Druck und Bindung GGP Media GmbH, Pößneck
Printed in Germany
ISBN 978 3 463 40509 4

Die Pension Eva

Erstes Kapitel

Gradus ad Parnassum

Recht lang ist der Weg, welcher zum Parnasse hinanführt, und er bedarf täglichen Übens ...

MUZIO CLEMENTI, Gradus ad Parnassum

Kurz vor seinem zwölften Geburtstag verstand Nenè endlich, was zwischen den Männern und den Frauen in der Pension Eva vor sich ging.

Seit er die Grundschule beendet hatte, erlaubte seine Mutter ihm, allein zum Hafen zu gehen, wo sein Vater arbeitete; und von da an war seine Neugier geweckt.

Er musste an der dreistöckigen kleinen Villa vorbeigehen, die gleich hinter der Ostmole lag. Die Fassade wirkte immer wie frisch gestrichen, und die grünen, stets verschlossenen Fensterläden glänzten, als wären sie eben erst bemalt worden. Eine hübsche Villa, mit Blumen auf dem einzigen Balkon im ersten Stockwerk, dessen hohes Fenster ebenfalls niemals geöffnet wurde.

Oft stellte Nenè sich vor, dass in diesem Haus gute Feen wohnten, die diejenigen retteten, die sich schuldig gemacht hatten und verzweifelt nach ihnen riefen:

«Ihr Feen, ihr lieben Feen, so helft mir doch!», und dann kamen sie, schwangen ihren Zauberstab, und der Wolf, der schwarze Mann oder der Einbrecher war verschwunden. Die Haustür blieb immer halb offen, und auf einem goldenen Messingschild daneben stand:

Nenè wusste, was eine «Pension» war, er hatte seinen Cousin gefragt, der in Palermo zur Universität ging: Eine Pension war ein bisschen besser als ein Gasthof und ein bisschen schlechter als ein Hotel.

In Vigàta gab es ein Hotel und drei Gasthöfe, in denen Seeleute auf der Durchreise, Handelsreisende, Reedereivertreter, Eisenbahner und Lastwagenfahrer Station machten.

Warum aber war in der Pension überhaupt nichts los? Nie hatte er, wenn er am Tag dort vorüberging, auch nur eine Menschenseele gesehen.

Einmal, kurz nach seinem achten Geburtstag, war er so neugierig gewesen, dass er sich an die Haustür wagte. Sie war ein ganz kleines bisschen weiter geöffnet als sonst. Vorsichtig blickte er sich um und beugte sich, als niemand auf der Straße zu sehen war, ganz langsam vor, sodass er gerade den Kopf hineinstecken konnte. Aber sein Herz pochte laut, und die Sonne blendete ihn, und so sah er überhaupt nichts. Er hörte nur zwei Frauen in einem Zimmer lachen und laut reden, verstand aber nicht, was sie sagten. Er wagte sich noch einen kleinen Schritt vor, reckte den Kopf, und der Duft von Seife und Parfum drang ihm in die Nase – es roch wie bei einem Barbier.

Er konnte der Versuchung nicht widerstehen, die Tür noch ein kleines Stück weiter aufzumachen.

Gerade wollte er hineingehen, als ihn jemand am Kragen packte. Der Mann trug eine Seemannsuniform,

Nenè kannte ihn nicht. Der Uniformierte sah ihn wütend und zugleich vergnügt an. Er sprach italienisch.

«Ganz schön frühreif, was? Meinst du nicht, du bist noch zu jung für diese Wonnen des Lebens, Bürschchen? Verschwinde auf der Stelle!»

Nenè verstand zwar nicht, was der Mann da gesagt hatte, schämte sich aber mit einem Mal sehr und rannte schnell weg.

Als er in die vierte Klasse ging, erzählten ihm seine Schulkameraden, die zum größten Teil Taugenichtse, Söhne von Fuhrleuten, Hafenarbeitern und Seeleuten waren, alles über die Pension. Sie redeten alle durcheinander, legten ihm die Einzelheiten und Gepflogenheiten der Villa dar, so, als hätten sie ihr ganzes Leben dort zugebracht.

Und er lächelte zustimmend, als hätte er alles verstanden. In Wirklichkeit aber verstand er gar nichts, er war eher noch verwirrter.

So kam es, dass er sich eines Tages, als er mit seinem Vater an der Pension vorbeiging, ein Herz fasste und sagte:

«Papà, stimmt es, dass man sich in diesem Haus nackte Frauen mieten kann?»

So viel immerhin hatte er den Ausführungen seiner Klassenkameraden entnehmen können – er hatte auch verstanden, dass man die Pension Eva «Freudenhaus» oder «Puff» nannte und die Frauen, die dort wohnten, «Nutten». Aber «Puff» und «Nutten» waren schmutzige Wörter, die ein anständiger Junge nicht benutzen durfte.

«Ja», antwortete sein Vater mit unbewegter Miene.

«Mietet man die Frauen für ein Jahr?»

«Nein, für eine Viertelstunde, eine halbe Stunde ...»

«Und was macht man dann mit ihnen?»

«Man kann sie ansehen», sagte sein Vater.

Das genügte ihm. Eine Zeitlang gab er sich mit dieser Erklärung zufrieden, denn nur der liebe Gott allein wusste, wie gerne er den Rock seiner zwei Jahre älteren Cousine Angela hochheben würde, um nachzusehen, wie es darunter aussah!

Als er zwölf war, erlaubte seine Mutter ihm endlich, auf den Dachboden zu klettern und mit den alten Sachen, die dort herumlagen, zu spielen. Vorher hatte sie ihm die immer gleiche Antwort gegeben:

«Nein, du bist noch zu klein, du könntest dir wehtun.»

Glücklich berichtete Nenè Angela davon, die im selben Haus wohnte wie er und so lange herumzeterte, bis auch sie mitdurfte.

Auf dem Dachboden schreckten sie die Tauben auf, die sich dort niedergelassen hatten. Sie schlugen heftig mit den Flügeln und wirbelten dabei so viel Staub auf, dass Nenè meinte zu ersticken. Was für ein Plunder! Was für ein Durcheinander! Alte Möbel, kaputte Stühle, Jutesäcke, vollgestopft mit Papier, Säcke mit Zeitungen, Zeitschriften und Büchern, Koffer, in denen die Kleider und Anzüge der längst verstorbenen Großeltern und Urgroßeltern ordentlich zusammengelegt waren, andere mit Priestergewändern, ein Pianola, das noch funktionierte, Porzellanpuppen, denen ein Fuß fehlte oder eine Hand, mit Kordeln zugeschnürte Koffer, kleine Wasserkrüge, große Tonkrüge, Strumpfbänder, zwei Säbel, ein Fotoapparat mit Stativ und Haube, Vasen, Petroleumlampen und sogar ein riesiges Wandtelefon und ein demoliertes Grammophon.

All das beflügelte Nenès Phantasie, der mit fünf Jahren lesen gelernt hatte und schon die Romane von Emilio Salgari kannte.

Mit ein paar Kleidern und bunten Tüchern verkleidete sich Angela mal als Perle von Labuan, mal als Tochter des Schwarzen Korsaren, während er mal zu Sandokan, mal zu Yanez wurde, am häufigsten verkleidete er sich als Tremal-Naik, den großen Tigerjäger. Im Nu hatte sich der Dachboden in einen geheimnisvollen, gefährlichen Ort verwandelt, wie Mompracem. Die Vorstellung, dass der Säbel und die Pistole, die er in Händen hielt, echte Waffen waren, die irgendwann einmal im Krieg zum Einsatz gekommen waren, ließ ihn vor Freude ganz außer sich sein.

Eines Tages entdeckten sie einen schwarzen Koffer, den sie bisher übersehen hatten. Er musste Onkel 'ntonio gehört haben, der Arzt gewesen war. Inmitten zahlloser stinkender Arzneifläschchen fanden sie ein hölzernes Stethoskop, das noch die Form einer Hörmuschel hatte, und ein Thermometer.

«Also, ich bin der Arzt und du bist meine Patientin, und ich muss dich untersuchen», sagte Nenè, als er die beiden Instrumente sah.

«O ja!», rief Angela begeistert.

Und sie legte sich auf das verstaubte Sofa, das wackelte, weil ihm ein Fuß fehlte. Sie schoben einen Stapel Bücher darunter, damit es fest stand.

Von da an stiegen sie oft auf den Dachboden und spielten dort immer Arzt und Patient.

Bei der dritten Untersuchung zog Angela sich Kleid und Schlüpfer aus, ohne dass Nenè sie darum gebeten hätte. Sie sagte keinen Ton, während er sie abtastete und mal auf den Bauch, mal auf den Rücken drehte. Irgendwann sagte Angela, während sie sich wieder anzog, mit entschlossener Stimme:

«Morgen machen wir's umgekehrt.»

«Wie meinst du das?»

«Dann bist du der Patient und ich die Krankenschwester.»

Am nächsten Tag eilte Nenè, kaum dass sie auf den Dachboden geklettert waren, zum Sofa und legte sich auf den Rücken.

«Zieh dich aus», sagte Angela.

Er spürte, wie er rot wurde, und rührte sich nicht. Es hatte ihm besser gefallen, als Angela sich ausgezogen hatte. Er versuchte, mit ihr zu verhandeln.

«Alles?»

«Alles», befahl die Cousine streng.

Angela ließ ihn von da an nicht mehr den Arzt spielen, Nenè war jetzt immer der Patient. Er merkte allerdings bald, dass der Rollentausch ihm eigentlich recht war; denn es gefiel ihm sehr, wenn Angela ihn anfasste, vor allem, wenn sie ihm das Thermometer zwischen die Pobacken klemmte.

Und als dann die Junihitze den Dachboden in einen Glutofen verwandelte, sodass sogar die weißen Tauben die Flucht ergriffen, machte die Krankenschwester es sich zur Angewohnheit, sich ebenfalls die Kleider auszuziehen und neben Nenè zu legen. So kam es, dass ihre Lippen sich zuerst hauchzart und fast wie zufällig berührten, dann aber lange aufeinander ruhten.

Damit veränderte sich alles. Das Spiel wurde ernst. Sie umarmten sich, küssten sich wild und bissen einander blutig, sie streichelten und kratzten sich, leckten sich, umwanden sich wie zwei Schlangen oder glitten am anderen ab wie zwei Fische, und ihre Haut schäumte vor Schweiß.

Wie ist es möglich, fragte sich Nenè, als sie eine kurze Pause machten, um wieder zu Atem zu kommen, dass sich die erwachsenen Männer in der Pension Eva damit zufriedengeben, die nackten Frauen einfach nur anzuschauen? Oder machen sie, was Angela und ich machen? Oder etwas ganz anderes, was ich noch nicht kenne?

Über das andere, was er noch nicht kannte, belehrte ihn eines Tages der Pfarrer, zu dem er zur Vorbereitung auf die erste heilige Kommunion geschickt wurde. Nenè ging später als die anderen Kameraden zur Kommunion: Seine Mutter hatte Papà lange überreden müssen, denn er hatte etwas dagegen. Er wollte mit der Kirche nichts zu tun haben.

Samstags nach der Faschistenversammlung ging Nenè in seiner Jungmatrosenuniform zu Padre Nicolò in die Sakristei, wo dieser ihm den Katechismus erläuterte.

Als Padre Nicolò zu dem Gebot kam, das besagt, man solle keine unkeuschen Dinge tun, weder allein noch mit jemand anderem, wusste Nenè sofort, dass das, was seine Cousine und er auf dem Dachboden taten, gegen ebendieses Gebot verstieß. Als Strafe drohte die ewige Hölle – mit Teufeln, Feuer und Pech. Nenè erschrak gewaltig.

Sie hatten eine Todsünde begangen. Damit war nicht zu scherzen. Aber wie war es möglich, dass Angela, die doch zwei Jahre älter war als er und schon vor langer Zeit zur Kommunion gegangen war, nichts davon gewusst hatte? Warum hatte sie ihm nichts gesagt?

Verstört ging er nach Hause.

Um die heilige Kommunion zu empfangen, würde er nicht mehr mit Angela auf den Dachboden dürfen. Aber es war doch so schön! Und dann fragte er sich, wieso der Pfarrer eigentlich davon zu wissen brauchte.

Am folgenden Tag, es war Sonntag, machten Angela und Nenè mit der Familie einen Ausflug auf das Landgut des Großvaters. Zum Mittagessen gab es Pasta mit Käse überbacken, Zicklein im Rohr und Wein, und danach waren alle so erschöpft, dass sie sich erst einmal ausruhen mussten. Angela und Nenè versteckten sich in einem Strohschober. Dort konnte man sich zwar in Ruhe unterhalten, aber für Doktorspiele war es nicht der geeignete Ort, weil jeden Augenblick einer der Landarbeiter vorbeikommen konnte.

«Weißt du eigentlich, dass wir auf dem Dachboden schmutzige Dinge tun und dass das eine Todsünde ist?», sagte Nenè hastig.

«Wer sagt das?», fragte Angela ungerührt.

«Padre Nicolò hat es mir gestern gesagt.»

«Da irrt er sich. Wir beide spielen nur. Schmutzige Dinge tun nur erwachsene Männer und Frauen.»

Nenè dachte einen Augenblick über Angelas Worte nach und sagte dann:

«Das heißt, wenn wir nur spielen, brauche ich dem Pfarrer auch nichts davon zu erzählen?»

«Nein. Dem Pfarrer kannst du ohnehin erzählen, was du willst, der kann doch gar nicht wissen, was stimmt und was nicht.»

Plötzlich kam ihm Angela verändert vor, sie wirkte so erfahren und so erwachsen. Er konnte gar nicht glauben, dass sie nur zwei Jahre älter war als er.

«Gehen wir morgen wieder auf den Dachboden?»

«Natürlich.»

Am nächsten Tag, als er sich aufs Sofa legte und Angela sich auszuziehen begann, war er mit einem Mal verlegen. Es war ihm plötzlich peinlich, sich auszuziehen. Was war los mit ihm? Wieso schämte er sich? Wieso empfand er Scheu, auch wenn Angela inzwischen selbst schon nackt vor ihm stand? Wahrscheinlich war das alles die Schuld dieses verdammten Pfarrers, der ihm einredete, dass ihre Spiele Sünde waren.

«Was ist los, bist du zur Salzsäule erstarrt, oder was?», fragte Angela ungeduldig.

Schließlich zog er sich doch aus und ließ sich von seiner Cousine berühren, aber er empfand nichts dabei. Es gab da eine Frage, die er Angela unbedingt stellen wollte. Sie kannte sich ja in diesen Dingen offenbar besser aus als er.

Als sie eine kurze Pause einlegten, setzten sie sich eng nebeneinander aufs Sofa. Da dachte Nenè, der richtige Augenblick sei gekommen, und fragte:

«Weißt du, was es bedeutet, Unzucht zu treiben?»

Angela lachte laut auf.

«Was ist denn?», fragte Nenè verwirrt.

«Ich lache über diesen Ausdruck: Unzucht treiben! Das sagen vielleicht die Geistlichen, weil es so in der Bibel steht, aber die Erwachsenen sagen etwas anderes dazu.»

«Wie sagen die denn dazu?»

«Das ist ein unanständiges Wort.»

«Was sagen sie?»

«Vögeln. Aber das darfst du nicht zu Hause sagen, sonst gibt deine Mutter dir eine Ohrfeige. Und wenn's dir trotzdem rausrutscht, dann sag bloß nicht, dass du es von mir hast!»

«Vögeln» kam ihm wirklich unanständig vor, es hörte sich ungeheuer schweinisch an.

«Kann man nicht auch anders dazu sagen?»

«Man kann auch sagen ‹Liebe machen›.»

«Liebe machen» schien ihm der bessere Ausdruck.

«Und wie macht man Liebe? Weißt du's?»

Angela sah ihn genervt an.

«Ich weiß es, aber ich hab keine Lust, es dir zu erklären. Frag doch einen von deinen Freunden.»

«Du bist meine beste Freundin.»

Angela deutete mit dem Zeigefinger zwischen Nenès Schenkel und dann zwischen ihre.

«Wenn der da in die hier reingeht, bedeutet das, man macht Liebe», sagte sie schnell und verschluckte dabei fast die Wörter.

Nenè sah sie verwirrt an. Was war das? Ein Rätsel? Was sollte das: da, hier? Er hatte überhaupt nichts kapiert.

«Was heißt das?»

«Ich habe es dir doch gerade erklärt.»

«Aber … wozu soll das gut sein?»

«Um Spaß zu haben und um Kinder zu machen.»

«Aber wenn man so Kinder macht, warum ist es dann eine Todsünde?»

«Es ist Sünde, wenn es zwei tun, die nicht verheiratet sind, oder wenn sie's tun, ohne dass sie Kinder machen wollen.»

Nenè dachte nach. Ihm war der Unterschied nicht klar. Da half nur, es auszuprobieren.

«Zeigst du mir, wie man das macht?»

Angela fing wieder an zu lachen.

«Das geht nicht.»

«Und wieso nicht? Weil es Todsünde ist?»

«Nein, weil du's nicht kannst.»

«Aber du kannst es?»

«Ich schon.»

«Und wieso ich nicht?»

«Weil deiner zu klein ist.»

Nenè erstarrte.

Plötzlich verschwand das Sonnenlicht vom Dachboden. Sie waren mit einem Mal am Nordpol, es herrschte arktische Kälte, und es war tiefe Nacht.

Ja, das war der Grund, warum er beim Wettkampf mit den Jungen aus der dritten Klasse von vornherein ausgeschieden war! In einem alten, verlassenen Schwefellager hatten sie die Unterhosen heruntergelassen und Länge und Dicke gemessen und dann miteinander verglichen. Und er hatte nicht einmal mitmachen dürfen! Was für eine Schmach!

Wieso hatte ausgerechnet er dieses furchtbare Schicksal zu tragen? Lieber wäre er mit einer Behinderung gestraft, seinetwegen mit zwei Buckeln, statt einen so Kleinen zu haben, dass er nicht einmal Liebe machen konnte!

Erschöpft, ohne dass sich noch ein Muskel oder Nerv in ihm regte, glitt er langsam vom Sofa. Es fehlte nicht viel, und er wäre in Tränen ausgebrochen.

«Was hast du denn?», fragte Angela.

«Nichts.»

«Los, sag schon!»

«Wenn du sagst, dass ich einen so Kleinen habe … bedeutet das doch, dass ich nie …»

Er konnte nicht mehr an sich halten: Tränen so groß wie Erbsen rannen ihm über das Gesicht.

«Was denkst du denn, du Dummkopf? Wenn du groß bist, hast du einen wie alle anderen erwachsenen Männer auch.»

Es war durchaus möglich, dass Angela die Wahrheit sagte. Warum sollte sie ihn auch anlügen?

Und plötzlich schien wieder die Sonne.

«Schwörst du's?»

«Bei meiner Mutter.»

Jetzt fühlte Nenè sich besser. Angela hatte einen feierlichen Eid geleistet. Er wollte sich gerade wieder aufs Sofa setzen, als ihm etwas einfiel. Regungslos stand er da.

«He!», rief Angela.

Er hörte sie nicht. Das war es also, was die erwachsenen Männer mit den nackten Frauen in der Pension Eva machten!

Eines Tages wurde Angela krank. Sie bekam nachts Fieber, und alle dachten, es sei eine Grippe, die nach drei, vier Tagen vorbeigehen würde.

Doch das Fieber blieb, und Angela wurde ins Spital von Montelusa eingeliefert. Sie hatte etwas an der Lunge.

Nach einer knappen Woche ohne Angela wurde Nenè traurig. Nicht nur, weil sie jetzt nicht mehr gemeinsam auf den Dachboden gehen konnten – das war ohnehin nicht mehr das Gleiche, nach dem, was der Pfarrer ihm erzählt hatte –, sondern weil er sie brauchte. Er sehnte sich nach ihrer Stimme, nach ihren Augen. Er wollte sie unbedingt sehen, und sei es nur für fünf Minuten, also fragte er seine Mutter, ob sie ihn das nächste Mal mitnehmen würde, wenn sie Angela besuchen ging. Doch seine Mutter sagte ihm, das solle er sich aus dem

Kopf schlagen. Sie könne ihn nicht mitnehmen, Angelas Krankheit sei ansteckend.

Es half alles nichts, er musste unbedingt in Erfahrung bringen, ob in der Pension Eva wirklich vor sich ging, was er glaubte!

Schon seit einiger Zeit lernte er immer zusammen mit seinem Freund Ciccio Bajo, der in der Schule neben ihm saß, mal bei ihm zu Hause, mal bei sich. Über schmutzige Dinge hatten sie allerdings noch nie geredet.

Eines Nachmittags, als sie wieder einmal zusammen über den Büchern hockten, flogen zwei Fliegen auf Ciccios Schulheft, und die eine setzte sich auf die andere. Nenè schlug mit flacher Hand auf die Insekten. Ciccio sah ihn wütend an.

«Das Heft hast du mir versaut!»

«Entschuldige, ich mach's ja sofort weg.»

«Kannst du mir vielleicht mal sagen, was die beiden Fliegen dir getan haben? Die wollten doch nur vögeln.»

Vögeln! Ciccio hatte das versaute Wort benutzt! Offenbar wusste er Bescheid.

«Hör mal», sagte Nenè, während er das Heft mit dem Taschentuch sauber machte, «weißt du, was die Pension Eva ist?»

«Klar. Das ist ein Puff.»

«Und weißt du, wie man da an eine Frau kommt?»

«Man geht rein, sucht sich eine aus, die einem gefällt, vögelt mit ihr, und danach zahlt man die Hurenmarke. Aber es ist Zeitverschwendung, jetzt darüber nachzudenken.»

«Wieso?»

«Weil wir noch zu jung dafür sind. Man muss mindestens achtzehn sein.»

Du lieber Gott, das war ja noch eine Ewigkeit!

Angela kam nach acht Monaten zurück. Sie war in einem Sanatorium in Palermo gewesen. Jetzt sah sie blass und abgemagert aus, ihre Augen wirkten riesig, und auf ihrem Gesicht lag ein Ausdruck von Melancholie. In den zwei Tagen, die sie blieb, fand Nenè keine Gelegenheit, sie alleine zu sprechen. Immer kam ihm irgendwer dazwischen. Außerdem schien Angela es auch nicht darauf anzulegen, mit ihm allein zu sein. Sie wurde zu Verwandten ihres Vaters nach Cammarata geschickt. Die frische Luft dort werde ihr guttun, sagten die Ärzte. Sie sollte mindestens ein Jahr wegbleiben.

Das Jahr verging, und Angela kam nicht zurück.

«Ist sie denn noch nicht gesund?»

«Doch, sie ist wieder gesund. Aber sie ist so lange in Cammarata zur Schule gegangen, jetzt soll sie auch dort ihren Abschluss machen. Unsere Verwandten dort, ein älteres Ehepaar, betrachten sie schon wie ihre eigene Tochter.»

Jeden Morgen nach dem Aufstehen ging Nenè ins Bad und betrachtete sich im Spiegel. Langsam fuhr er sich mit der Hand über das Gesicht, aber es wollte ihm einfach kein Bart wachsen, kein einziges Härchen, nicht mal ein Schatten. Es kam ihm vor, als würden seine

Klassenkameraden viel schneller erwachsen werden als er: Jacolino zum Beispiel (eigentlich hieß er Enzo, aber alle nannten ihn nur bei seinem Familiennamen) hatte bereits ein Oberlippenbärtchen. Sicher, er war auch zwei Jahre älter und musste die Klasse wiederholen, aber würde er, Nenè, in zwei Jahren ein Oberlippenbärtchen haben? Wahrscheinlich nicht, dachte er betrübt.

War es möglich, dass er allein dazu verdammt war, ein Leben lang ein kleiner Junge zu bleiben? Dass Angela ihn an jenem Tag auf dem Dachboden angelogen hatte, um ihn zu beruhigen?

Betrübt ging er ins Arbeitszimmer seines Vaters und zog ein Buch aus dem Regal. Sein Vater hatte ihm erlaubt, alles zu lesen, was er wollte, und ein paar Romane gefielen ihm besonders gut, zum Beispiel die von einem gewissen Conrad, oder von Melville, einem Amerikaner, und von Simenon, einem Franzosen.

Manchmal, wenn er las, verlor er sich in Gedanken, und es war, als irrte er wie in einem riesigen Wald umher. Er fühlte sich leicht und schwermütig zugleich. Dann musste er innehalten, weil die Zeilen krumm wurden und ineinanderliefen und ihm fast schwarz vor Augen wurde.

Es war nicht so, wie sich mit Angela als Sandokan oder Tremal-Naik zu verkleiden. Nein, das Lesen raubte ihm Kraft und weckte gleichzeitig ein Verlangen in ihm, das ihn benommen machte wie ein starker Duft – es war wie die Benommenheit eines Betrunkenen, lustvoll und schmerzhaft zugleich.

Wenn seine Mutter ihn zum Essen rief, hörte er sie

nicht einmal. Kam sie dann wütend herein und schüttelte ihn oder gab ihm einen Klaps, sah Nenè sie wie eine Fremde an, blinzelte und erinnerte sich nur mit Mühe, wo er sich befand.

Einmal kletterte er auf einen Stuhl, um an das obere Fach des Regals zu gelangen, und nahm ein dickes, in rotes Leinen gebundenes Buch heraus, auf dessen Vorderseite der Titel in goldenen Buchstaben geprägt war. Er konnte es fast nicht halten, so schwer war es. Er wollte nur kurz einen Blick hineinwerfen und es dann wieder an seinen Platz zurückstellen. An der Stelle, an der er es aufschlug, war eine Zeichnung von einer nackten Frau, die an einer Art Felsblock festgekettet war und fürchterlich weinte.

Heilige Muttergottes, wie schön diese Frau war! Die langen Haare, ihre üppigen Schenkel. Und was für schöne Brüste sie hatte!

Von da an las er täglich im *Rasenden Roland* von Ludovico Ariost, da besonders die Zeichnungen des Malers Gustave Doré es ihm angetan hatten. Das Papier war dick und so glatt, dass es im Licht glänzte. Wenn Nenè die Augen schloss und mit der Fingerspitze den Körperumrissen einer der Frauen folgte, war es ihm, als berührte er tatsächlich ihre Haut.

Oft streichelte er mit der Fingerkuppe eine ganz bestimmte Stelle unterhalb des nackten Bauchs der Frau, dort, wo sich zwischen den Schenkeln so etwas wie ein V formte. Er zeichnete kleine Kreise nach, bis sich am Ende Schweißperlen auf seinen Lippen bildeten.

Die Zeichnungen gefielen ihm sehr – und nicht nur

die, die nackte Frauen darstellten. Genauso hatten es ihm die Reime angetan, sodass er über hundert Verse auswendig lernte. Und jedes Mal, wenn er den Namen Angelica las, dachte er an seine Angela.

Angela! Ob sie wohl wieder auf den Dachboden gehen würden, wenn sie aus Cammarata zurückkam? Wenn ja, dann würden sie mit Sicherheit nicht mehr nur spielen, das wusste er. Wahrscheinlich waren ihr mittlerweile Brüste gewachsen! Bei dieser Vorstellung wurde ihm ganz heiß, und sein Herz fing an zu rasen. Dann kam ihm ein anderer Gedanke, bei dem er zusammenzuckte: Was, wenn Angela ihm sagte, dass sie nichts mehr mit ihm zu tun haben wolle? Sie war ja inzwischen eine erwachsene Frau und er noch lange nicht so weit wie die anderen. Unmöglich konnte sich Angela mit einem abgeben, der noch so ein kleiner Junge war wie er, einem Zwerg ohne eine Spur von Bartwuchs. Und der folglich auch ein winzig kleines Dingsda hatte.

«Ciccio, glaubst du, dass ich mal so groß werde wie du?»

«Was fragst du mich so einen Unsinn?»

«Sag es mir, bitte!»

«Weißt du eigentlich, dass du mir diese Frage jeden zweiten Tag stellst?»

«Bitte, du musst mir antworten!»

Ciccio wurde ungeduldig.

«Was glaubst du denn?», fragte er.

«Ich komme mir vor wie ein Zwerg.»

Wortlos nahm ihn Ciccio bei der Hand, führte ihn vor den Schrankspiegel und stellte sich neben ihn.

«Siehst du denn nicht, dass wir gleich groß sind, du Trottel?»

Nenè sah sich im Spiegel an. Doch er war nicht überzeugt: Sie waren zwar gleich groß, aber er fühlte sich trotzdem kleiner. Da war nichts zu machen.

Zweites Kapitel
Die Einschiffung nach Kythera

Kommt auf die Insel Kythera zur Pilgerfahrt
mit uns …

FLORENT DANCOURT, Les trois cousines

An Nenès vierzehntem Geburtstag kauften er, Ciccio, Jacolino und noch ein paar andere Schulkameraden je drei Stück *Cuddriruni*, um die gefüllte Pizza abends gemeinsam an der *Scala dei Turchi* zu essen, einem einsam gelegenen Hügel aus weißem Marmor, der in breiten Stufen zum Meer führte. Die Freunde waren ausgelassen, nur Nenè schwieg.

Jacolino erzählte von einem Mädchen aus der Schule, das sich ohne viel Gezeter an die Brüste fassen ließ; Ciccio berichtete, wie es ihm gelungen war, dem Hausmädchen unter den Rock zu fassen. Irgendwann legte Nenè sich ein wenig entfernt von den anderen auf eine Stufe und betrachtete die Sterne. Ihm war wehmütig zumute.

«Morgen früh kommt Angela zurück», sagte seine Mutter drei Tage später.

Sie waren gerade mit dem Essen fertig und saßen noch bei Tisch, weil Papà noch seinen Kaffee trank.

«Wie lange bleibt sie denn?», fragte Papà.

«Nur kurz. Dienstag früh fährt sie wieder nach Cammarata zurück.»

«Dann kann ich sie leider nicht sehen», sagte Papà. «Heute Abend fahre ich für vier Tage nach Palermo.»

«Und du, Nenè, freust du dich denn gar nicht?», fragte Mamà, die sah, dass ihr Sohn den Kopf auf die Brust gesenkt hatte, wie immer, wenn ihn etwas bedrückte.

«Doch, doch», sagte Nenè, stand auf und ging in sein Zimmer.

Er warf sich bäuchlings aufs Bett, damit man sein Herzklopfen nicht hören konnte. Es war so laut, dass er meinte, es dringe bis unten auf die Straße.

Nenè stand mit seiner Mutter auf dem Balkon, als das Auto aus Cammarata vorfuhr. Angelas Vater und Mutter stiegen aus, dann Onkel Stefano und Tante Trisina, und dann sah er sie.

Nenè hätte sie beinahe nicht wiedererkannt.

Diese hochgewachsene, elegant gekleidete junge Frau mit den langen schwarzen Haaren, die ihr bis zur Mitte des Rückens reichten, diese Frau, die Ohrringe trug und eine Handtasche am Arm, war Angela. Aber es war eben doch nicht mehr Angela.

Zur Feier ihrer Rückkehr luden Onkel Stefano und Tante Trisina Nenè und seine Mutter zum Essen ein. Nenè saß seiner Cousine direkt gegenüber und sah sie manchmal durchdringend an, doch jedes Mal, wenn sie den Blick vom Teller hob, schaute sie woandershin.

Recht hat sie, sagte sich Nenè voller Bitterkeit. Warum sollte eine junge Frau wie Angela sich mit einem abgeben, der ein Zwerg geblieben war? So unbehaart wie ein Wurm?

Plötzlich vernahm er ein lautes Rauschen, das nicht mehr weggehen wollte, wie das Rauschen der Brandung, sodass er nicht mehr hören konnte, was die anderen sprachen. Ganz sicher war es das Blut, das ihm tosend durch die Adern schoss. Um sich Mut zu machen, trank er ein halbes Glas Wein in einem Zug aus.

Plötzlich schüttelte seine Mutter ihn am Arm.

«Was ist denn mit dir, isst du nichts?»

Dann sagte sie zu ihrer Schwester Trisina gewandt:

«Also dann, erzähl mir von Angelas Verlobtem.»

«Er ist ein tüchtiger Junge, er heißt Marco, ist dreiundzwanzig Jahre alt und arbeitet ...»

Angela hatte sich verlobt, in Cammarata!

Die Nachricht traf ihn wie ein Schlag ins Gesicht. Sofort setzte das Rauschen in seinen Ohren wieder ein, wie ein tobendes Meer, sodass er nichts mehr hörte. Er wurde leichenblass, alles drehte sich plötzlich. Er musste sich am Tisch festhalten, um nicht vom Stuhl zu fallen.

«Was hast du denn? Ist dir schlecht?», hörte er seine Mutter aus weiter Ferne fragen.

Er antwortete nicht, es gelang ihm gerade, aufzustehen und zur Tür zu wanken.

«Mach dir keine Sorgen», sagte Onkel Stefano zu Mamà. «Er hat eben ein halbes Glas Wein runtergekippt.»

Nenè lief über den Treppenabsatz, der die beiden Wohnungen trennte. In seinem Zimmer warf er sich aufs Bett und konnte endlich ins Kissen weinen.

Nach dem Mittagessen besuchte Angela ihren Großvater und blieb zum Abendessen dort. Nenè ging in der Wohnung auf und ab. Er hatte keine Lust, etwas zu unternehmen oder sich mit Ciccio zu treffen, und als er den *Rasenden Roland* zur Hand nahm und die Geschichte von Paladin las, der vor Liebe wahnsinnig wurde, hatte er einen Kloß im Hals.

Er legte das Buch beiseite, ließ sich aufs Bett fallen und starrte an die Decke. Er stand erst auf, als seine Mutter ihn zu Tisch rief, zwang sich zu essen, denn Appetit hatte er keinen, und legte sich bald wieder hin.

Erst gegen sieben Uhr morgens konnte er Schlaf finden. Als seine Mutter ihn weckte, war er völlig benommen.

«Wach auf. Wir gehen alle zusammen zur Messe, und hinterher besuchen wir die kranke Signora Palumbo. Mach den Schrank auf, da wartet eine Überraschung auf dich.»

Sobald Mamà aus dem Zimmer war, sprang Nenè aus dem Bett und lief zum Schrank. Er wusste, was er dort finden würde. Seine Mutter hatte ihm vor ein paar Wochen einen Anzug mit langer Hose versprochen, endlich! Einen Männeranzug, den er noch an diesem Sonntag einweihen würde.

Er ging ins Bad, wusch sich, zog sich an und betrachtete sich anschließend im Spiegel: Vielleicht war die Hose eine Idee zu lang, über den Schuhen warf sie Falten, aber sie stand ihm ausgezeichnet. Auch die Jacke saß gut. Einen Augenblick lang erwog er, so hinauszugehen, wie ein erwachsener Mann, und auf dem Weg von der Messe nach Hause bei Angela vorbeizugehen, aber er überlegte es sich anders und zog die Jacke wieder aus.

Da hörte er ein Poltern in der Küche. Hatte jemand einen Topf fallen lassen?

Aber wer konnte das sein? Sie waren doch alle ausgegangen. Er ging nachsehen.

Es war Angela. Im Unterkleid und barfüßig stand sie mit dem Rücken zu ihm und suchte etwas auf der Anrichte. Ihr Anblick verschlug ihm die Sprache, sein Mund wurde trocken, seine Knie waren plötzlich weich wie Ricotta. Er nahm einen Stuhl und setzte sich hin.

«Wer ist da?» Erschrocken fuhr Angela herum.

Nenè konnte nicht antworten, er fing an zu zittern, als er nun, da seine Cousine sich umgedreht hatte, bemerkte, dass sie ein durchsichtiges Kleid trug und nichts darunter.

«Ich dachte, du wärst zur Messe gegangen», sagte Angela.

«Das Gleiche dachte ich von dir», brachte Nenè mit Mühe hervor.

«Weißt du zufällig, wo deine Mutter Oregano hat?»

«Nein.»

«Mensch, du trägst ja eine lange Hose! Lass dich mal ansehen!»

Mühsam stand Nenè auf. Angela sah ihn an und machte ein zufriedenes Gesicht, ihre Augen leuchteten.

«Du bist ein Mann geworden, Nenè!», sagte sie, streckte die Arme aus und ergriff seine Hand.

Wie war er in ihre Arme gekommen? Sie hielt ihn so eng umschlungen, dass es wehtat. Nenè roch den Duft ihres Haares und ihrer Haut. Es war ganz anders, als er es in Erinnerung hatte, und die Freude, die er empfand, fühlte sich ein ganz kleines bisschen wie Wehmut an. Plötzlich fing Angela in seinen Armen an zu weinen.

«Warum weinst du?» Nenè versuchte, sich aus ihrer Umarmung zu lösen, um ihr ins Gesicht zu sehen.

Doch Angela ließ ihn nicht los.

«Sie wollen mich verloben, aber ich will diesen Marco nicht heiraten», flüsterte sie, und er spürte ihre Tränen an seinem Hals.

«Aber du musst ihn doch nicht heiraten.»

«Doch.»

«Und wieso?»

«Weil … weil er mich rumgekriegt hat, mit ihm zu schlafen. Das war an einem Tag, als …»

Doch Nenè hörte schon nicht mehr, was sie sagte.

Denn er hatte eine Veränderung an seinem Körper wahrgenommen, in dem Moment, als Angela ihm offenbart hatte, dass sie einem anderen gehört hatte. Er fühlte, wie ihm das Blut schwer und zugleich rasend schnell durch die Adern floss, sich dann an der einen Stelle da unten sammelte und verzweifelt danach drängte, aus seinem Körper herauszusprudeln. Bedeutete das, ein Mann zu werden? Dieser Drang des Blutes, der wehtat, so stark war er?

Ohne zu begreifen, was er tat, schob er Angela von sich, fasste sie bei den Schultern und streifte ihr die Träger ihres Kleides von den Schultern, sodass es zu Boden glitt.

Instinktiv bedeckte Angela, die nun nackt dastand,

mit dem einen Arm ihre Brust und mit der anderen Hand ihre Scham.

«Nein ... nein», sagte sie mit eigentümlich belegter Stimme. «Das können wir nicht mehr tun.»

«Ich will dich nur ansehen», sagte Nenè, und auch seine Stimme klang ganz anders als sonst. «Nimm den Arm weg.»

Wie sehr hatte er sich nach dem Tag gesehnt, an dem er zwei echte Frauenbrüste betrachten würde! Ihm reichten die Zeichnungen von Doré nicht mehr und auch das nicht, was Ariosts Verse seiner Phantasie einflüsterten:

Der Milch sind ihre Brüstchen zu vergleichen,
Wann sie so eben dem Gefäß entquillt.

Angela ließ ganz langsam den Arm sinken. Ach, wer sprach denn von Milch? Von weißem Ricotta? Angelas Brüste waren braun und rosa und fest wie Marmor.

Erschöpft sank er auf einen Stuhl. Angela blieb regungslos vor ihm stehen. Nenè sah sie weiterhin an, auch wenn ihr Anblick bisweilen vor seinen Augen verschwamm. Ja, alles andere entsprach der Beschreibung:

Die schlanken Seiten und die schönen Lenden,
Der ebne Leib, die weiße Hüfte, schien
Geformt von Phidias' kunstreichen Händen,
Wenn nicht von anderen, ihm noch vorzuziehn.

Er schluckte zweimal, seine Kehle verlangte nach Luft und Wasser.

«Nimm die andere Hand weg», sagte er mit belegter Stimme.

«Nein.»

«Nimm sie weg!»

Ohne es zu merken, hatte er geschrien, aber es war kein Befehl, sondern ein Hilferuf. Da nahm Angela auch die andere Hand weg und sah ihm fest in die Augen.

«Komm näher.»

Angela ging einen Schritt auf ihn zu, ihre Beine berührten Nenès. Er wollte nicht von seinem Stuhl aufstehen, denn er fürchtete, Angela könne die Wölbung sehen, diese plötzliche Veränderung da unten. Er hob die Arme, legte seine hohle Hand auf ihre Brüste und streichelte sie. Angela schloss die Augen.

Dann fuhren Nenès Hände langsam über ihre Hüften, verweilten über dem V, das aussah, als wäre es schwarz angemalt worden. Er ließ den Zeigefinger vorsichtig darüber kreisen, bis seine rechte Hand zwischen die Beine des Mädchens drang. Er spürte eine feuchte Wärme. Irgendwann bewegte sich die Hand von allein, ohne dass Nenè es ihr befohlen hätte, ganz leicht vor und zurück.

Angelas Atem ging schwer, Nenès dagegen glich dem Zischeln einer Schlange.

Plötzlich machte Angela eine Bewegung, sodass Nenè die Hand nicht mehr gerade halten konnte. Dann warf das Mädchen den Kopf nach hinten und stöhnte mit geschlossenen Lippen.

«Tue ich dir weh?»

«Nein», sagte Angela. «Aber jetzt ist es genug.»

Und mit beiden Händen hielt sie sein Handgelenk fest und trat einen Schritt zurück. Nenè hatte sich vornübergebeugt, der Schmerz war unerträglich geworden. Er war von unten bis in seine Brust hinaufgewandert und hinderte ihn zu sprechen.

Im Nu hatte Angela das Unterkleid wieder angezogen. Sie beugte sich über ihn, küsste ihn auf die Lippen, so wie es die Schauspieler im Kino taten, und stützte sich, wie zufällig, genau auf seine schmerzende Schwellung.

«Addio», sagte sie.

Und ging weg.

Nenè lief ins Bad, drehte den Wasserhahn auf und setzte sich in die Wanne, wobei er das Wasser nicht an seine rechte Hand kommen ließ, die er immer wieder an die Nase führte, um noch einmal Angelas Duft zu riechen. Während das Wasser eiskalt über ihn rann, fing er an zu singen. Der Stolz, dass er zum Mann geworden war, überwog bei weitem den Schmerz darüber, dass er Angela nicht mehr sehen würde.

«Jetzt kann ich Un-zucht trei-ben!», dachte er stolz.

Auf dem Weg zu Ciccio kam ihm der Gedanke, Angela habe genau gewusst, dass er nicht zur Messe gegangen war. Sie hatte nur ein durchsichtiges Unterkleid getragen, weil sie ahnte, was geschehen würde, und den Topf hatte sie mit Absicht fallen lassen, damit er in die Küche kam, wo sie schon auf ihn wartete. Das alles hatte sie getan, um ein letztes Mal mit ihm zusammen zu sein.

Aber stimmte es wirklich, dass sie Marco nicht heiraten wollte, oder hatte sie es nur gesagt, um ihm die Erinnerung an sie zu versüßen? Erstaunt stellte er fest, dass es ihm gar nicht so wichtig war. Vielleicht war auch das ein Zeichen dafür, dass er nun zum Manne geworden war.

Ciccio beglückwünschte ihn zu seiner neuen langen Hose, er selbst trug schon seit ein paar Monaten eine. Sie beschlossen, einen Spaziergang zur Mole zu machen. Irgendwann konnte Nenè nicht mehr an sich halten und erzählte Ciccio, was er mit Angela erlebt hatte. Beim Reden hielt er immer wieder die Hand an die Nase und roch daran.

«Kann ich vielleicht mal erfahren, was zum Teufel du die ganze Zeit mit deiner Hand machst?», fragte Ciccio.

«Ich rieche an ihr. Sie duftet noch nach Angela.»

«Wirklich? Lass mich mal riechen.»

«Nein.»

«Stell dich nicht so an, ich klau sie dir ja nicht. Ich will nur mal kurz dran riechen, und fertig.»

«Nein.»

Er wusste nicht, warum er sich so beharrlich weigerte. Aber er spürte, dass es richtig war.

Verärgert kletterte Ciccio vom Felsen herunter und ging allein in die Stadt zurück.

Nenè blieb noch eine Weile sitzen und sah den Segelbooten am Horizont nach. Hin und wieder roch er an seiner Hand. Ganz allmählich wurde in der salzigen

Meeresluft Angelas Duft von Zimt und Muskat schwächer.

Der Wunsch, mit einem anderen Mädchen zu erleben, was er mit Angela erlebt hatte, begann in ihm zu reifen, als seine Cousine gerade mal einen Monat fort war.

Tagsüber war er so beschäftigt, dass er nicht darüber nachdachte. Er fuhr morgens mit dem Bus ins Gymnasium nach Montelusa, machte nachmittags mit Ciccio zusammen Hausaufgaben, streunte anschließend mit ein paar Freunden in der Gegend herum oder ging ins Kino. All das lenkte ihn ab. Samstags tobte er sich bei der Versammlung der Faschisten aus, beim Hochsprung, Bockspringen, Hundertmeterlauf, Tauziehen, um abends todmüde nach Hause zu kommen und gleich einzuschlafen. Aber es half nichts. Egal, wie erschöpft er war, sobald er sich hinlegte, begann die Qual.

Plötzlich waren die Bilder von Angela wieder da. Wie im Kino sah er sie beide wieder vor sich, und er streichelte in Gedanken erneut ihren zarten und festen Körper. Es machte ihn rasend, es nahm ihm den Atem.

«Ich kann nachts nicht mehr schlafen, Ciccio.»

«Wenn es dich so stark überkommt, dann hilf doch mit der Hand ein wenig nach.»

«Das habe ich schon probiert.»

«Und?»

«Es hat mir nicht gefallen. Zuerst musste ich lachen, und dann bin ich auf einmal ganz traurig geworden.»

«Ach je, bist du eigenartig, Nenè! Aber konntest du danach wenigstens einschlafen?»

«Schon.»

«Na, siehst du!»

Jacolino trug inzwischen einen Bart. Er sah aus wie ein Zwanzigjähriger, dabei war er gerade mal siebzehn.

«Na, was sagt ihr? Werde ich es schaffen?»

«Was?»

«In die Pension Eva zu kommen. Vielleicht halten sie mich für älter, und ich muss meinen Ausweis gar nicht vorzeigen.»

Es gelang ihm tatsächlich. Und am nächsten Tag, als die Freunde beisammensaßen, berichtete er jede Einzelheit. Nenè wurde blass vor Neid.

Die Hure, mit der er zusammen war, erzählte Jacolino, sei wunderschön gewesen. Sie heiße Zuna und habe ein elegantes Italienisch gesprochen. Am Schluss habe sie ihn gewaschen und ...

«Moment mal», unterbrach ihn Nenè. «Sie hat dich gewaschen?»

«Ja, mit so einer Art Desinfektionsmittel, ich glaube, es heißt Permanganat. Und was für Hände sie hatte! Ich hätte sofort wieder von vorne anfangen können!»

«Und wieso hast du's dann nicht getan?»

«Weil es mich das Doppelte gekostet hätte. So viel Geld hatte ich nicht dabei. Da habe ich Zuna versprochen, am nächsten Tag wiederzukommen, aber sie hat mir gesagt, dass alle zwei Wochen andere Huren kämen und sie noch am selben Tag abreisen werde. Na, was soll's. Hauptsache, sie lassen mich jetzt immer rein, jetzt, wo sie mich kennen.»

«Alle vierzehn Tage kommen andere Huren in die Pension Eva?»

«Ja. Sie ziehen so durchs Land, von einem Bordell zum anderen.»

Zu Hause betrachtete Nenè sich skeptisch im Spiegel. Ja, schon, ein Flaum war zwar jetzt zu erkennen, aber er sah trotzdem aus wie ein eben geborenes Fohlen. Ein richtiger Bart ließ auf sich warten.

Vielleicht sollte er sich eine Karnevalsmaske mit falschem Bart kaufen und so versuchen, in die Pension Eva zu kommen?

Nein, es half nichts. Er musste warten, bis er achtzehn war. Oder auf einen glücklichen Zufall hoffen.

Der glückliche Zufall ergab sich, weil Nenè so schlecht in Mathematik war. Eines Abends erzählte er seiner Mutter von seinem Klassenkameraden Matteo Argirò, einem rothaarigen, launischen Jungen, der wiederum sehr gut in Mathe war. Sein Vater war vor fünf Jahren gestorben, und seine Mutter, Bianca, etwa um die vierzig, konnte gerade so von der Rente ihres Mannes leben.

«Wieso fragst du deinen Klassenkameraden nicht, ob er die Aufgaben mit dir zusammen macht? Vielleicht kann er dir manches erklären, und du begreifst endlich etwas mehr von dieser verdammten Mathematik», sagte seine Mutter.

Nenè überlegte ein paar Tage, bevor er Matteo schließlich fragte. Der antwortete schlicht:

«Einverstanden.»

Vom nächsten Tag an würde Nenè nach dem Mittagessen zu Matteo gehen.

Die Wohnung war klein. Nenè und Matteo mussten sich zum Lernen ins Esszimmer setzen. Nach einer Weile kam Signora Argirò aus dem Schlafzimmer, gab Nenè zur Begrüßung die Hand und streichelte ihm übers Haar. Sie fragte die Jungen, ob sie etwas trinken wollten, was diese dankend verneinten, und verließ wieder das Zimmer. Beim Hinausgehen sagte sie an ihren Sohn gewandt, dass sie erst spät wiederkomme und dass in der Küche noch ein Topf Suppe stehe, die sie sich später aufwärmen könnten.

Nenè war von der Witwe Argirò beeindruckt. Sie war blond, schlank, hochgewachsen, elegant geschminkt und duftete nach Orangenblüten. Ihre Augen waren grün. Und was für einen Blick sie ihm zugeworfen hatte! Sie hatte ihm nur kurz in die Augen gesehen, aber es war, als hätte sie ihn mit ihrem Blick ausgezogen.

Als er das vierte Mal zu den Argiròs ging, stellte er fest, dass die Tür nur angelehnt war, als er gerade klingeln wollte. Er klopfte und hörte drinnen Signora Bianca rufen:

«Nenè, bist du's?»

«Ja, Signora.»

«Komm rein und schließ die Tür hinter dir. Ich habe sie für dich offen gelassen. Ich nehme gerade ein Bad.»

Deswegen war Signora Bianca nicht an die Tür gekommen. Sie lag nackt in der Badewanne.

«Matteo kommt bestimmt gleich nach Hause.»

Nenè setzte sich an den Tisch im Esszimmer, schlug

Buch und Heft auf und begann mit den Hausaufgaben.

Aber er konnte sich nicht konzentrieren. Er hörte das Wasser plätschern und stellte sich vor, wie sich Signora Bianca die Brüste und zwischen den Beinen einseifte. Er fing an zu schwitzen.

Wann kam Matteo endlich nach Hause? Nenè hörte Signora Bianca jetzt ganz in der Nähe *Amapola* summen. Offenbar hatte sie das Bad verlassen und war in ihrem Schlafzimmer. Mit einem Mal hörte sie auf zu singen.

«Nenè, kannst du bitte einen Augenblick herkommen?»

Signora Bianca saß am Fußende ihres Bettes vor einem kleinen Tisch mit Spiegel. Auf dem Tisch standen Parfümflaschen, Crèmes, allerlei Töpfe mit Pinselchen, Kämmen und Bürsten. Sie hatte sich ein Handtuch über die Schulter geworfen, das in Höhe ihrer Brüste von einer Nadel zusammengehalten wurde, ein weiteres bedeckte Bauch und Oberschenkel. Das war alles, was sie trug.

Nenè bebte innerlich. Signora Bianca sah ihn im Spiegel an, schien aber von seiner Erregung nichts zu merken. Sie war gerade dabei, sich die Augen zu schminken.

«Wärst du so nett, mir die Schultern zu pudern?»

«J…aa.»

«Danke», sagte Signora Bianca, öffnete die Nadel und hielt sich jetzt das Handtuch vor die Brüste. «Der Puder ist in der Dose dort drüben.»

Nenè nahm die Dose und gab etwas Puder auf ihre Schultern. Sie zitterte ein wenig. Dann ließ sie das Handtuch fallen und sagte:

«Und jetzt die Brüste, bitte.»

Ohne ihn anzusehen, fuhr sie fort, sich die Augen zu schminken. Nenè tat, worum die Signora ihn gebeten hatte. Er stand dabei dicht hinter ihr und betrachtete ihre Brüste im Spiegel. Er merkte, wie sich bei ihm untenherum etwas regte. Dabei hielt er die Puderquaste nur mit zwei Fingern, damit er ja nicht ihre Haut streifte. Schon die leichteste Berührung hätte Schaden anrichten können.

Ein Glück, dachte er, dass sie nicht sehen kann, was sie mit mir anstellt.

Und just in diesem Augenblick lehnte sich Signora Bianca ein wenig nach hinten, um ihr Gesicht zu begutachten, und berührte dabei mit den Schultern merklich, aber doch wie zufällig, Nenès Schwellung. Bestimmt hatte sie etwas gemerkt, aber sie reagierte nicht. Im Gegenteil, sie blieb genau in dieser Position und fuhr mit dem Schminken fort. Jedes Mal, wenn sie sich auch nur ein bisschen bewegte, verspürte Nenè einen Stich, sein Körper zuckte wie von Stromschlägen getroffen.

Als er es nicht mehr länger aushielt, packte er Signora Bianca bei den Schultern, und jetzt war er es, der sich an ihr rieb. Er bewegte sich immer schneller. Als er fertig war, sagte Signora Bianca, die die ganze Zeit geschwiegen hatte: «Danke. Du kannst jetzt weiterlernen. Wenn du möchtest, kannst du noch ins Bad gehen, bevor

Matteo kommt.» Und sie schminkte sich immer noch, als wäre nichts geschehen.

Von dem, was Matteo ihm an diesem Vormittag erklärte, begriff er kein Wort. Am folgenden Tag bekam er in der Schule eine Fünf in Mathe.

Zwei Tage später war es für Nenè wieder an der Zeit, zu seinem Freund Matteo zu gehen. Aber er hatte Angst. Was würde Signora Bianca wohl sagen?

Er hatte sich wie ein Mistkerl benommen. Die arme Frau hatte ihn um einen Gefallen gebeten und dabei ganz offensichtlich an nichts Böses gedacht, und er hatte die Gelegenheit schamlos ausgenutzt und sie beleidigt. Signora Bianca hatte keine Miene verzogen, wahrscheinlich hatte sie sich völlig überrumpelt gefühlt. Aber wie konnte Nenè ihr jetzt noch einmal unter die Augen treten?

Vor allem fühlte er sich seinem Freund gegenüber schlecht, der seine Zeit für ihn geopfert hatte. Sollte er ihm alles erzählen und sich bei ihm entschuldigen? Er wusste nicht, was er tun sollte, doch schließlich entschied er sich hinzugehen. Er wollte sehen, wie Signora Bianca sich verhielt. Wäre sie abweisend, würde er gleich wieder gehen und sich nie mehr dort blicken lassen.

Als Matteo ihm die Tür öffnete, sagte er zu Nenè:

«Mamà hat eine Überraschung für dich.»

Nenè sah ihn ängstlich an, doch Matteo wirkte überhaupt nicht, als wäre er wütend. Auf dem Esszimmertisch stand eine *Cassata siciliana*.

«Mamà hat sie heute Morgen für uns gekauft.»

Mit einem Mal fühlte sich Nenè wieder rein und unschuldig, wie ein neugeborenes Kind. Signora Bianca war eine fabelhafte Frau! Die *Cassata* bedeutete, dass alles vergessen war.

«Ich will mich bei ihr bedanken.»

«Sie ist nicht da, sie ist nach Montelusa gefahren und kommt erst heute Abend zurück.»

Am nächsten Tag bekam Nenè eine Zwei in Mathe.

Als er eine Woche später zu den Argiròs kam, war die Tür wieder nur angelehnt. Er klingelte.

«Nenè, bist du's?»

«Ja, Signora.»

«Komm rein und mach die Tür zu. Ich habe Matteo in die Apotheke geschickt, er soll mir ein paar Medikamente besorgen. Ich fühle mich heute nicht wohl. Es wird ein bisschen dauern, bis er zurückkommt, er muss nach Montelusa fahren.»

Nenè setzte sich an den Esszimmertisch und schlug das Buch auf. Aber schon bald rief Signora Bianca ihn zu sich.

«Nenè, kannst du mal kommen?»

Nenè betrat das Schlafzimmer. Signora Bianca lag auf dem Bett ausgestreckt, nur bedeckt von einem Laken, unter dem deutlich die Form ihres nackten Körpers zu erkennen war. Sie lehnte an zwei Kissen und hielt das Laken mit einer Hand vor der Brust fest. Nenè fand, dass sie gar nicht krank aussah, wie sie da lag. Im Gegenteil, ihre Wangen leuchteten, sie war frisiert und geschminkt, so als würde sie gleich ausgehen. Eine Wolke von Orangenblütenessenz umgab sie.

«Leiste mir doch ein bisschen Gesellschaft. Komm, setz dich her zu mir.»

Sie bedeutete ihm, sich neben sie zu setzen. Nenè wurde rot, gehorchte ihr aber. Dann fragte Signora Bianca:

«Hast du schon eine Freundin?»

Nenè wurde noch röter.

«Nein.»

«Aber wieso denn nicht? Ein so schöner junger Mann wie du!», sagte sie und nahm seine Hand.

Und so schlief Nenè zum ersten Mal in seinem Leben mit einer Frau. Aber es war auch das letzte Mal, dass er die Mathematikhausaufgaben bei Matteo machte. Er konnte seinem Freund nicht mehr in die Augen sehen, auch wenn er so riskierte, im Oktober nicht versetzt zu werden – was dann auch tatsächlich der Fall war.

«Ciccio, ich habe mit einer Frau geschlafen.»

«Na endlich! Und, hat es dir gefallen?»

«Na ja.»

«Was heißt ‹na ja›? Ja oder nein?»

«Na ja.»

«Mit wem hast du geschlafen?»

«Mit der Witwe Argirò. Aber das tue ich nicht mehr. Matteo ist ein Freund von mir, ich komme mir vor wie ein Verräter.»

Ciccio musste laut lachen.

«Also bist du nun auch bei ihr an Bord gegangen.»

Nenè sah ihn fragend an.

«Was soll das heißen?»

«Weißt du, wie man die Witwe Argirò in der Stadt nennt? Das Schulschiff! Seit fünf Jahren gibt es hier in der Gegend keinen Jungen, der nicht seine erste Kreuzfahrt bei ihr macht.»

Nenè wusste nicht, was er sagen sollte.

«Weiß Matteo davon?»

«Ich denke schon, aber er tut ahnungslos. Du kannst ruhig wieder hingehen, wenn du willst.»

Nenè dachte einen Augenblick nach.

«Nein, ich werde nicht mehr hingehen.»

Wie lange würde es noch dauern, bis er endlich achtzehn war?

Dann könnte er in die Pension Eva und mit so vielen Frauen schlafen, wie er wollte, ohne sich schlecht vorzukommen!

Drittes Kapitel

Im Schatten junger Mädchenblüte

In dieser Zeit war es, dass … er mir neue Horizonte des Glücks eröffnete … er war es, der mich zum ersten Mal in ein Bordell führte.

MARCEL PROUST, Im Schatten junger Mädchenblüte

«Wisst ihr was?», sagte Jacolino ganz unvermittelt an einem Sonntag Ende Oktober zu seinen Freunden, als sie gemeinsam zur Mole spazierten. «Mein Vater hat die Leitung übernommen.»

Im ersten Augenblick verstanden Nenè und Ciccio gar nicht, wovon er sprach. Sie hatten gerade über den Krieg geredet und darüber, dass es immer schlechter für das Land aussah.

«Was für eine Leitung?»

«Die Leitung der Pension Eva. Habt ihr nicht gehört, dass Don Tano Saraco gestorben ist? Mein Vater ist sein Nachfolger.»

Don Stefano Jacolino war ein ansehnlicher Mann, immer gut gekleidet, redegewandt und tatkräftig, aber mit Vorsicht zu genießen. In seinem Leben hatte er alles angestellt, von Betrug über Veruntreuung bis hin zur Fälschung von Dokumenten. Er war schon mehrmals vorbestraft und schien gerade vom Pech verfolgt, als Adelchi Colleoni ihn in Dienst nahm, der Verbandsführer der Faschisten von Montelusa, von dem man sagte, er habe drei Hoden und müsse sich deshalb ständig abreagieren: Jacolino sollte ihn mit Frauen bekannt machen.

Don Stefano Jacolino hatte also gute Voraussetzungen, um die Leitung eines Bordells zu übernehmen.

Zunächst verstanden Ciccio und Nenè nicht, warum diese Nachricht für sie interessant sein könnte.

«Dir kann das ja egal sein, Jacolino, oder? Du gehst ja sowieso schon seit längerem in die Pension. Oder glaubst du, dass dein Vater das dann nicht mehr will?»

«Im Gegenteil. Ich habe Papà damals sogar erzählt, dass ich ins Bordell gehe, und er hat nur geschmunzelt. Er sagt, es sei gut, früh Erfahrungen zu sammeln.»

«Aber für mich und für Ciccio ändert sich ja nichts», sagte Nenè. «Schließlich lässt dein Vater uns nicht einfach rein, nur weil du unser Freund bist.»

«Nein, das darf er nicht. Aber ich habe mir was einfallen lassen.»

«Wirklich?», fragte Nenè.

«Und was?», fragte Ciccio.

«Verrate ich euch bald. Ich habe schon mit meinem Vater geredet, aber ihr müsst euch noch ein kleines bisschen gedulden. Die Pension wird für ungefähr zwei Monate bis Januar geschlossen. Mein Vater möchte sie ganz neu einrichten und lässt eine Freundin aus Palermo kommen, eine richtige Signora.»

Ciccio und Nenè wussten, warum diese Signora kam. Sie würde die *Padrona* sein, an der Kasse sitzen und die Hurenmarken zählen. Von ihr hing es ab, ob die Pension gut lief oder nicht. Sie musste streng mit den Kunden sein, die sich danebenbenahmen, und zuvorkommend den anständigen Herren gegenüber. Sie musste gelassen und zugleich energisch sein.

Im November und Dezember hatte Nenè ohnehin andere Sorgen. Die Alliierten warfen Bomben auf die Stadt, viele Menschen wurden verwundet, blieben ihr Leben lang von den Angriffen gezeichnet oder starben unter den Trümmern.

Eine Bombe hatte Lorenza Livantino, eine Schulkameradin, getroffen und in Stücke zerfetzt, und Nenè und Ciccio weinten einen ganzen Tag lang. Einen anderen Freund, Filippo Portera, hatte man eher tot als lebendig aus dem zerbombten Haus seines Vaters gezogen. Sein Kopf war halb zertrümmert, und man brachte ihn ins Spital von Montelusa. Nach zwei Wochen fragten Nenè und Ciccio Filippos Vater, Don Vincenzo, wie es seinem Sohn gehe. Der Mann sah sie verzweifelt an.

«Es geht ihm besser, er ist außer Lebensgefahr. Aber er will nicht mit mir reden, er will mich nicht mal ansehen. Wenn ich ihn besuche und an sein Bett trete, regt er sich jedes Mal furchtbar auf, und die Krankenschwestern werfen mich raus. Darf ich euch um einen Gefallen bitten?»

Natürlich durfte er das.

«Könnt ihr mal bei ihm vorbeigehen? Nur eine halbe Stunde, nach der Schule. Vielleicht erzählt er euch, wieso er mich nicht mehr leiden kann.»

Und so besuchten sie Filippo im Krankenhaus.

Im Spital gab es mehr Kranke und Verwundete als Betten. Manche lagen sogar auf den Treppenabsätzen. Es stank nach Medikamenten, Eiter, Urin und Kot. Die einen jammerten oder beteten, andere fluchten oder riefen nach jemandem, Mutter, Vater, Sohn oder Tochter,

Mann oder Frau. Einer blökte wie ein abgestochenes Lamm, als ein Arzt ihn mit weit aufgerissenen Augen anschrie:

«Wir haben kein Morphium mehr! Willst du das endlich in deinen Kopf kriegen? Alles, was ich noch für dich tun kann, ist, dich zu erschießen.»

Filippo lag in einem Zimmer mit zehn Verwundeten. Sobald er die Freunde sah, streckte er glücklich die Hände nach ihnen aus, und sie hielten sich eine Weile fest in den Armen. Filippos Kopf war verbunden, man konnte nur Augen und Mund sehen. Nenè und Ciccio setzten sich zu ihm aufs Bett, es gab nicht mal einen Stuhl.

«Diefef gehörnte Rindvief!», sagte Filippo.

Er hatte große Mühe, durch den Verband zu sprechen. Wer konnte dieses Rindviech anderes sein als derjenige, der für Filippos Zustand verantwortlich war?

«Churchill?», fragte Ciccio.

«Mussolini?», wagte Nenè mit leiser Stimme zu fragen.

«Nein!», rief Filippo erregt. «Papà!»

«Was hat dir Don Vincenzo denn getan?», fragte Nenè.

«Külkaften», antwortete Filippo.

Was wollte er ihnen damit sagen? Ciccio und Nenè sahen ihn ratlos an.

«Külkaften!», wiederholte Filippo verärgert.

Und mit der Hand machte er eine Geste, als zöge er an einer Kordel. In dem Moment begriff Nenè: *Spülkasten!* Aber was hatte der Spülkasten mit Filippos Vater zu tun?

«Meinst du Spülkasten?», fragte Nenè. «Und wieso bist du so wütend auf deinen Vater?»

«Weil er ihn nift refariert hat. Der fiel fon fast von der Wand, ich haf ihm gefagt, diefem gehörnten Rindvief, ich haf ihm gefagt, das Feifding fällt unf einef Tagef auf den Kopf, troffdem hat er ef nift refariert.»

«Na gut, aber ...»

«Defhalb ift mir der Külkaften auf die Birne gefallen, als ich an der Kette gefogen hab, und hat fie fertrümmert. Fuld ist der alte Fack!»

Er dachte also, er sei im Spital, weil ihm der Spülkasten auf den Kopf gefallen war. Offensichtlich hatte er gar nicht mitbekommen, dass Bomben auf die Stadt abgeworfen worden waren, während er auf dem Klo saß.

«Filì, was sagst du denn da? Nichts da Spülkasten! In dem Augenblick, als du an der Kette gezogen hast, ist eine Bombe auf euer Haus gefallen!»

Filippo riss die Augen weit auf:

«Bombe? Meint ihr daf wirklif ernft?» Er hielt kurz inne. «If will fofort meinen Vaer fehen!»

Eigentlich hätte man sich über diese Geschichte totlachen können, aber Ciccio und Nenè war nicht danach zumute. Schweigend verließen sie das Spital.

Jeden Tag kreisten Flugzeuge über der Stadt, feuerten ein paar Schüsse ab und verschwanden dann wieder. Pünktlich gegen Mitternacht kamen sie wieder und hörten nicht vor drei, vier Uhr morgens auf, ihre Bomben abzuwerfen.

Die meisten Leute flüchteten während der Angriffe in die Luftschutzkeller, aber dort war nicht an Schlafen zu denken. Bei jeder Kleinigkeit brach ein Streit aus, so angespannt war die Situation.

Morgens, bevor Nenè mit dem Bus nach Montelusa zur Schule fuhr, ging er an der Pension Eva vorbei, um nachzusehen, ob sie noch stand und nicht über Nacht dem Erdboden gleichgemacht worden war.

Don Stefano Jacolino eröffnete die renovierte Pension Eva am ersten Januar 1942 um acht Uhr abends.

Genau genommen hatte es um vier Uhr nachmittags schon eine inoffizielle Eröffnung gegeben, bei der auch der Verbandsführer Colleoni und der stellvertretende Verbandsführer Agnello in Zivil anwesend waren. Die beiden hatten sich mit den dort angestellten Damen bereits befasst und waren höchst zufrieden gewesen. Eine gefiel Colleoni so gut, dass er sich gleich zweimal mit ihr vergnügte.

Bald hatte sich in der Stadt herumgesprochen, dass man sich die Pension Eva unbedingt mit eigenen Augen anschauen musste. Alle Zimmer hatten fließendes Wasser, ein richtiges Waschbecken und ein Bidet, das Dach war zu einer großen Terrasse umgebaut worden, auf der sechs riesige Wassertanks standen. Sicher, die Preise waren angehoben worden, doch die Frauen verstanden ihr Handwerk.

Nicht lange nach der Eröffnung hockten die drei Freunde bei einer Granita aus Kaffee und Sahne im Café Empedocle. Jacolino hatte gute Neuigkeiten für Ciccio und Nenè.

«Ich habe mit meinem Vater gesprochen, er hat endlich ja gesagt und auch schon die *Padrona* verständigt, Signora Flora: Ihr dürft ab sofort in die Pension kommen, allerdings nur einmal die Woche.»

Die Nachricht verschlug Nenè die Sprache. Am liebsten hätte er Jacolino umarmt.

«Gehen wir doch gleich heute Abend hin», sagte Ciccio wie aus der Pistole geschossen.

«Immer mit der Ruhe», sagte Jacolino, «zuerst erkläre ich euch ein bisschen genauer, wie sich die Dinge verhalten. Ihr dürft noch nicht einfach so in die Pension Eva kommen. Wenn das rauskommt, entziehen sie meinem Vater sofort die Lizenz.»

«Was soll das heißen?», fragte Ciccio enttäuscht.

«Du hast uns doch eben noch gesagt, dass ...», protestierte Nenè.

«Wartet doch, lasst mich doch mal ausreden! Ihr wisst, dass die Pension, genau wie der Friseur und das Theater, montags geschlossen hat. Ihr dürft also jeden Montag die Frauen in der Pension besuchen – aber als Freundinnen, nicht als Huren.»

«Nur als Freundinnen und weiter nichts?», fragte Ciccio.

«Du bist doch verrückt, Jacolì», rief Nenè, der noch enttäuschter war als Ciccio. «Das ist ja, als würde man jemandem, der am Verhungern ist, ein Stück Brot vor die Nase halten und es ihm dann nicht geben! Da mache ich nicht mit.»

«Jetzt hört mir doch mal zu! Signora Flora hat ganz klare Regeln aufgestellt. Wenn ihr euch mit den Mädchen gut versteht und eine von sich aus auf euch zugeht, kann sie ein Auge zudrücken. Doch sie müssen den ersten Schritt machen, denn montags haben sie ihren freien Tag und sind zu nichts verpflichtet. Ihr dürft sie also nicht darum bitten. Hab ich mich klar ausgedrückt?»

«Schon klar», sagte Nenè. «Aber es ist ziemlich schwierig, ein Mädchen rumzukriegen, wenn man gerade mal zwei Stunden oder noch weniger Zeit hat, oder? Don Giovanni kann das vielleicht, aber ich nicht.»

«Man könnte ein bisschen nachhelfen», sagte Jacolino mit einem hintersinnigen Lächeln.

«Und wie?»

«Ihr beide geht am nächsten Montag in die Taverne von Calò und bestellt fünf Kilo vom besten Fisch. Kauft außerdem fünf Liter guten Wein. Gut und stark muss er sein, so einer, der einen schon beim ersten Glas benebelt. Ich kaufe Brot, Oliven, Sardellen, Käse und Obst.»

«Wir sollen mit ihnen zusammen essen?» Ciccio und Nenè sahen Jacolino verwundert an.

«Genau das.»

«Jacolino, du bist genial», rief Ciccio begeistert.

«Man tut, was man kann.»

«Du hast recht, nach einem guten Essen und einem oder zwei Gläschen Wein kommt man leichter in Stimmung», meinte Nenè.

«Aber denkt daran, dass die Pension geschlossen ist,

ihr dürft nicht am Haupteingang klingeln, sondern gleich an der Hintertür. Je weniger Leute etwas mitbekommen, desto besser. Ich erwarte euch um Punkt halb neun. Ich werde schon ab vier Uhr in der Pension sein.»

«Und was machst du so früh da?», fragte Ciccio.

Die beiden Freunde sahen Jacolino verwundert an.

«Na ja … ich hab zu tun.»

«Moment mal! Was hast du montags in der Pension zu suchen, wenn sie doch geschlossen ist?», beharrte Ciccio.

«Ich besuche Signora Flora.»

«Hast du etwa was mit ihr?»

«Unsinn! Sie gibt mir Nachhilfe, schon seit zwei Monaten.»

«*Die* gibt dir Nachhilfe?»

«Ja, in Latein und Griechisch. Sie ist eine sehr gute Lehrerin. Hat mal drei Jahre in einem Gymnasium unterrichtet, musste dann aber aufhören, weil sie einen Mann kennenlernte, der … Aber das ist eine lange Geschichte, die erzähl ich euch ein andermal.»

Ciccio und Nenè sahen Jacolino fassungslos an. Doch tatsächlich: Bei der letzten Griechisch-Prüfung hatte Jacolino wirklich eine Drei minus gehabt statt wie sonst immer eine Fünf.

Die Pension erstreckte sich über die gesamte Länge der Gasse. Es gab nur eine Hintertür. Gegenüber der Pension war eine Mauer, die Rückseite eines Holzlagers.

Ciccio trug die Kiste mit den fünf Weinflaschen, darauf lag der ölige Fisch. In die eine Hand hatte er sogar noch einen Blumenstrauß geklemmt, den wollte er Signora Flora mitbringen. Nenè trug die beiden anderen Teller. Ciccio musste mit der Stirn auf den Klingelknopf drücken, weil er keine Hand frei hatte.

Die beiden Jungen schwitzten vor Anstrengung und auch vor Aufregung.

Jacolino öffnete die Tür.

«Herzlich willkommen! Kommt rein!»

Im Hausflur lehnte sich Nenè an die Wand und legte seine Lippen dagegen.

«Was machst du denn da?», fragte Ciccio verblüfft.

«Ich küsse das gelobte Land. Leider kann ich mich nicht hinknien, sonst rutscht mir der Fisch runter.»

Jacolino deutete auf die beiden Türen, die vom Flur abgingen, und erklärte im Ton eines Reiseführers: «Das sind die Zimmer für die wichtigen Persönlichkeiten, die unerkannt bleiben möchten. Gehen wir nach oben.»

Auf dem Treppenabsatz im ersten Stockwerk standen sie vor einer weiteren verschlossenen Tür.

«Hier geht es zu den Zimmern, in denen die Mädchen arbeiten. Aber sie benutzen die andere Treppe, die zum großen Salon führt. Den zeige ich euch nachher.»

Sie stiegen noch ein Stockwerk höher. Hier stand die Tür offen. Die Treppe führte weiter hinauf, wahrscheinlich zur Dachterrasse.

Jacolino blieb vor der Tür stehen.

«In dieser Etage haben die Mädchen und Signora Flora ihre Schlafzimmer. Außerdem befinden sich hier das Esszimmer, zwei Bäder und die Küche.»

Es herrschte absolute Stille.

Von dem Zimmer kam kein Lichtstrahl. Plötzlich regte sich bei Nenè ein Zweifel.

«Sind die Mädchen überhaupt da?»

«Na ja», sagte Jacolino, «gestern sind die Neuen angekommen. Wahrscheinlich sind sie in ihren Zimmern und packen aus. Kommt doch erst mal rein.»

Er machte einen Schritt zur Seite und ließ die beiden Freunde eintreten.

Sobald sie in dem dunklen Raum waren, knipste Jacolino hinter ihnen das Licht an. Sie standen in einem großen Esszimmer, ein langer Tisch war bereits mit hübschen Tellern und Besteck gedeckt.

Was für eine Überraschung! Vor ihnen saßen sechs Mädchen, jeweils drei auf einer Seite des Tisches. Sie waren alltäglich gekleidet und nicht geschminkt. Lächelnd blickten sie die beiden Jungen an. Wie schön die Frauen aussahen! Die Älteste von ihnen konnte kaum älter als dreißig sein. Nenè geriet ins Wanken, als er dieses Wunder Gottes sah: Das war es, worauf er so lange gewartet hatte!

«Bonasira», sagte die Frau am Kopf des Tisches feierlich. Sie trug eine Brille und eine Brosche an ihrem hochgeschlossenen schwarzen Kleid. Die Haare hatte sie zu einem Knoten zusammengesteckt.

«Buonasera», sagten die Mädchen im Chor.

«Buonasera», antworteten Ciccio und Nenè, während Jacolino eilig die Kiste und die Platten auf einer Etagere abstellte und seinen Freunden bedeutete, näher zu treten.

«*Signura* Flora», sagte Jacolino feierlich, «erlauben Sie,

dass ich Ihnen meine Freunde vorstelle? Das ist Ciccio Bajo, und das ist Nenè Cangialosi. Wir gehen zusammen aufs Gymnasium.»

«Sind sie auch solche Esel wie du?», fragte Signora Flora stirnrunzelnd.

«Nein, sie sind die Klassenbesten.»

Ciccio machte eine Verbeugung, schlug die Hacken zusammen wie ein Oberleutnant und reichte Signora Flora den Blumenstrauß.

«Darf ich Ihnen die Blumen als Zeichen meiner Hochachtung überreichen, Signora?»

Erfreut senkte Signora Flora den Kopf. Dann stellte sie die Mädchen der Reihe nach vor.

«Graziella Bianchi, mit Künstlernamen Wanda.»

Graziella streckte Ciccio und danach Nenè die Hand entgegen. Signora Flora fuhr fort:

«Erminia Davico, genannt Iris.»

«Emanuela Ritter, La Tedesca, die Deutsche.»

«Giuseppina Ranucci, genannt Conchita.»

«Grazia Bontadini, La Bolognese.»

«Maria Stefani, Lupa, die Wölfin.»

Nachdem sie einmal um den ganzen Tisch gegangen waren, standen Nenè und Ciccio wieder vor Signora Flora, die den Jungen nun die Plätze zuwies:

«Ciccio zwischen Erminia und Emanuela. Nenè zwischen Grazia und Maria. Jacolino am anderen Ende des Tisches. Setzt euch bitte.»

Während die Mädchen seinen Freunden vorgestellt wurden, hatte Jacolino drei Weinflaschen geöffnet und den Fisch so gekonnt serviert wie ein Kellner. Nun saßen alle auf ihren Plätzen. Nenè und Ciccio wussten vor Verlegenheit gar nicht, wohin sie schauen sollten.

Erstaunt nahmen sie zur Kenntnis, dass Signora Flora und die Mädchen sich bekreuzigten.

«Essen wir, sonst wird der Fisch kalt», sagte Signora Flora.

Und so begannen sie schweigsam zu essen.

Und das soll ein Bordell sein?, fragte sich Nenè enttäuscht und ein bisschen wütend. Auch wenn heute Ruhetag ist: Hier geht es ja zu wie in einer Klosterschule!

Und während er so seinen Gedanken nachhing, berührte er mit dem linken Bein versehentlich das Bein von Graziella. Schnell zog er es zurück. Sie sollte auf keinen Fall denken, es sei Absicht gewesen.

«Verzeihung.»

Auch Jacolino, der sonst immer so ausgelassen war, schien sich nicht wohl in seiner Haut zu fühlen. Er hielt den Blick stumm auf den Teller gerichtet. In der Pension Eva ging es so heiter zu wie in einem Totenhaus.

«Der Fisch schmeckt ausgezeichnet», sagte Signora Flora und schob den Teller von sich, auf dem nur noch die blanken Gräten lagen.

«Ausgezeichnet», pflichteten die sechs Mädchen ihr bei.

Dann erhob sich Signora Flora, und die Mädchen taten es ihr gleich.

«Entschuldigt, aber ich würde mich jetzt gerne zurückziehen, ich habe Kopfschmerzen.»

«Oh, wie schade!», sagte Ciccio, aber es klang nicht ganz ehrlich.

«Kann ich euch allein lassen?», fragte Signora Flora nun an die Mädchen gewandt.

«Seien Sie unbesorgt, Signora», antwortete Graziella, die Älteste.

«Jacolino, dich erwarte ich morgen nach dem Mittagessen. Gute Nacht.» Sie verschwand durch die Tür.

Mit einem Mal hatte sich die Stimmung geändert. Es war, als hätte jemand das Fenster geöffnet und eine leichte Brise hereingelassen. Erminia fing vor Erleichterung laut an zu lachen.

«Für wen hält die sich eigentlich?», fragte Grazia.

«Ich bin ja schon in vielen Häusern gewesen», sagte Graziella, «aber so jemand wie diese Signora ist mir noch nie begegnet!»

Jacolino räumte die schmutzigen Teller ab und nahm das saubere Geschirr von der Anrichte.

«Wisst ihr, sie hat als Lehrerin in einem Gymnasium in Palermo ...», setzte er zu ihrer Verteidigung an.

«... und das sieht man ihr auch an!», fuhr Emanuela dazwischen.

Allgemeines Gelächter. Da stand Grazia auf und schloss die Tür, durch die Signora Flora das Zimmer verlassen hatte.

«So stören wir sie nicht», sagte sie, und es klang noch scheinheiliger als das, was Ciccio gesagt hatte.

Sie aßen Oliven, Käse und Sardellen und bekamen noch mehr Durst auf Wein. Nenè, der zwischen Grazia und Maria saß, schenkte den beiden oft nach. Er schwatzte mit Grazia, die ihm sehr gefiel, während Maria eher schweigsam war.

Nenè hatte Grazia genau angeschaut, als sie aufgestanden war: Sie war hochgewachsen, hatte schwarze Haare, die sie offen trug wie eine Zigeunerin, und Augen so groß wie zwei Stücke Holzkohle. Sie trug eine hochgeschlossene himmelblaue Bluse und einen weiten blauen Rock. Er ahnte, dass der Anblick ihres nackten Körpers sein Herz zum Stillstand bringen würde.

«Bist du zum ersten Mal hier?», fragte Grazia.

«Ja.»

«Und wieso kommst du nicht öfter?»

«Weil ich erst siebzehn Jahre alt bin. Oder besser gesagt, sechzehneinhalb.»

«Ich bin fünfundzwanzig», sagte sie. «Ich arbeite schon seit sechs Jahren in diesem Beruf.»

Nenè stellte fest, dass der Ton der jungen Frau völlig nüchtern gewesen war, so als hätte sie gesagt: «Vor sechs Jahren habe ich meinen Schulabschluss gemacht.» Und er begriff auch, dass es ein Fehler wäre nachzufragen, wie sie zu diesem Beruf gekommen war. Daher sagte er wie beiläufig:

«Ich bin nächstes Jahr mit der Schule fertig und gehe dann zur Universität. Wenn ich nicht vorher zum Militärdienst einberufen werde.»

«Dieser verdammte Krieg», sagte Grazia leise.

Und dabei sah sie ihm fest in die Augen, denn sie wollte wohl wissen, wie er darüber dachte. Sie hatte etwas Gefährliches gesagt. Erst gestern waren in den Straßen Plakate geklebt worden, auf denen ein Soldat im schwarzen Hemd sagte:

«Tod den Defätisten!»

«Dieser ekelhafte Krieg», sagte Nenè.

Genau in dem Moment fingen die Sirenen an zu heulen. Mit einem Mal verstummten alle. Sie hörten schlagartig auf zu lachen und wagten kaum zu atmen.

«Was sollen wir jetzt tun?», fragte Jacolino.

«Lasst uns in den Luftschutzraum gehen», sagte Ciccio. «Wir sind zu nahe am Hafen. Das könnte gefährlich werden.»

Signora Flora kam ins Zimmer, immer noch so tadellos gekleidet wie vorhin. Nur die Brosche hatte sie abgenommen.

«Wenn ihr in den Luftschutzraum wollt, dann jetzt sofort!», sagte sie zu den Frauen.

«Und was machen Sie?», fragte Ciccio.

«Ich bleibe hier.»

Sie drehte sich um und ging hinaus.

«Dann los», sagte Graziella.

Als sie gerade das Esszimmer verließen, konnten sie die herannahenden Flieger hören. Und unmittelbar darauf die Flugabwehrgeschütze.

«Es ist viel zu gefährlich, jetzt rauszugehen.» Ciccio musste schreien, um den Höllenlärm zu übertönen. «Da kommen überall Splitter runter.»

«Wir machen das Licht aus und öffnen die Fenster», sagte Jacolino, «dann haben wir das Ganze von hier aus im Auge.»

Es war, als wäre es plötzlich helllichter Tag, so stark waren die Leuchtspurgeschosse der Maschinengewehre, die Scheinwerfer und die Granaten am Himmel. Erst vor kurzem hatte Nenè das Buch eines Dichters gelesen,

Montale, das ihn sehr beeindruckt hatte. Es fielen ihm zwei Verse ein, die er laut aufsagte:

Die hellen Nächte alle ein Morgendämmern,
sie brachten Füchse zu meiner Grotte.

Doch keiner hörte ihm zu.

Die Batterien auf der Anhöhe aus Mergel hinter der Stadt gaben Schüsse ab; sowie die Zerstörer, die Kriegsschiffe und die zehn Motorfischerboote, die vom Militär vereinnahmt und mit Waffen bestückt worden waren. Und trotz dieses entsetzlichen Lärms, der Nenè beinahe taub machte und in den Ohren schmerzte, hörten sie das dumpfe, mächtige Rollen der herannahenden Flugzeuge, ein Donnern, dem man nichts entgegensetzen konnte – außer der Hoffnung, verschont zu werden.

«Umarme mich.»

Es war Grazia. Nenè legte ihr den Arm um die Schultern. Das Mädchen drückte sich an ihn. Er spürte, wie sie zitterte.

«Entschuldige, ich habe furchtbare Angst.»

Da umschlang Nenè auch ihre Hüfte. Und so warteten sie gemeinsam auf ihr Schicksal. Das es gut mit ihnen meinte. Langsam zog das Gewitter über die Stadt hinweg, verlor sich schließlich in der Ferne, und die Schüsse wurden immer weniger, bis gar keine mehr zu hören waren.

«Diesmal hatten sie es nicht auf uns abgesehen», sagte Ciccio und schloss die Fenster.

Sofort löste Grazia sich aus Nenès Umarmung. Jacolino knipste das Licht wieder an. Sie sahen einander an. Sie waren alle blass im Gesicht und hatten großen Durst, vielleicht wegen der Angst, die sie ausgestanden hatten. Eilig tranken sie die letzte Flasche aus, ihre Heiterkeit war verflogen. Es war ihnen nicht mehr nach Reden zumute. Der Abend war vorbei. Sie verabschiedeten sich, während die Sirenen Entwarnung gaben.

Tags darauf fuhren Nenè, Ciccio und Jacolino gemeinsam mit dem Bus nach Montelusa. Als sie an der Schule ankamen, erfuhren sie, dass der Unterricht heute erst später begann. So hatten sie ein bisschen Zeit, um über die Geschehnisse des Vorabends zu sprechen.

«Dieser Krieg geht mir wirklich auf die Nerven», sagte Ciccio. «Gerade als wir so richtig in Fahrt waren, gingen die Alarmsirenen los.»

«Stimmt», sagte Nenè, «aber ein viel größeres Problem als der Krieg ist diese Signora Flora. Sie passt auf wie ein Wachhund. Ich fühlte mich in ihrer Anwesenheit wie gelähmt, und den Mädchen schien es ähnlich zu gehen.»

«Allerdings», pflichtete Ciccio ihm bei. «Wir könnten den Mädchen fünfzig Liter Wein mitbringen – solange Signora Flora da ist, rühren sie sich nicht.»

«Aber ich hab doch extra beim Bombenangriff das Licht ausgemacht! Das hättet ihr ausnutzen können!», sagte Jacolino.

«Was fällt dir ein, Jacolì? Ausnutzen! Die haben doch gezittert vor Angst!»

«Umso besser! Das war die Gelegenheit!», beharrte Jacolino.

«Und du? Hast du denn die Situation ausgenutzt?»

«Ich brauche das nicht», sagte Jacolino beleidigt. «Ich kann ja zu ihnen gehen, wann es mir in den Sinn kommt.»

«Und nun?», fragte Nenè an Ciccio gewandt. «Gehen wir nächsten Montag wieder hin oder nicht?»

Ciccio überlegte einen Augenblick. Sofort schaltete Jacolino sich wieder ein.

«Denkt daran, dass ihr die Mädchen am Montag zum letzten Mal seht. Danach wechselt die Besetzung.»

«Na und?», sagte Ciccio.

«Ich finde, ihr solltet unbedingt nochmal hingehen, und sei es nur, um euch von ihnen zu verabschieden. Immerhin habt ihr sie ja jetzt kennengelernt. Wenn ihr euch nicht nochmal blicken lasst, könnten sie euch das sehr übelnehmen. Und wozu so unfreundlich sein?»

«Ich für mein Teil würde nochmal hingehen», sagte Nenè. «Aber Signora Flora ...»

«Mach dir ihretwegen keine Sorgen», sagte Jacolino. «Sie isst mit den Mädchen, dann zieht sie sich auf ihr Zimmer zurück. Das ist immer so. Ihr müsst sie höchstens eine Stunde ertragen, danach seid ihr sie los.»

«Einverstanden», sagte Ciccio.

«Also, dann hört mal, was ich mir überlegt habe», sagte Jacolino. «Diese Mädchen kommen alle vom Festland, und es ist gut möglich, dass sie noch nie unsere *Cuddriruni* probiert haben. Ich kümmere mich darum.

Der Bäcker Titillo soll sie zubereiten, der macht sie am besten. Was bringt ihr mit?»

«Ich bringe gebratene *Salsicce* mit», sagte Ciccio.

«Und ich den Wein», sagte Nenè. «Und weil es *Cuddriruni* und *Salsicce* gibt, werde ich diesmal mindestens acht Flaschen mitbringen.»

Am Donnerstagmorgen fuhr ein weißes Schiff in den Hafen ein. Auf der Brücke war ein großes rotes Kreuz zu sehen: ein deutsches Sanitätsschiff mit Kriegsverletzten aus Afrika.

Zwei Stunden später rief der Verbandsführer Colleoni den Bürgermeister, den Politischen Sekretär und die Führerin der Faschistischen Frauen, Donna Ciccina Locastro, zusammen.

«Wir müssen unseren verletzten deutschen Kameraden unseren Respekt zollen. Das Schiff fährt Sonntagmorgen nach Genua weiter. Sie, Herr Bürgermeister, setzen sich mit dem Hafenamt in Verbindung und gehen gemeinsam mit dem Hafenaufseher den Kapitän des Schiffes begrüßen. Sagen Sie ihm, dass morgen Vormittag um zehn Uhr eine Abordnung der Faschistischen Frauen an Bord kommen wird – natürlich nur mit seiner Zustimmung –, um diesen tapferen Soldaten Trost zu bringen. Kameradin Locastro, es erübrigt sich, Ihnen zu sagen, dass die von Ihnen ausgewählten Frauen allesamt in faschistischer Uniform erscheinen müssen.»

«Und was sollen wir ihnen mitbringen?», fragte Donna Ciccina.

«Nun ja, ich weiß nicht: Blumen, Obst, Backwaren ...»

«Haben Sie vergessen, dass es verboten ist, in Kriegszeiten Backwaren herzustellen? Für solche Luxusgüter dürfen wir Milch, Mehl und Zucker nicht verschwenden», sagte Donna Ciccina streng, die eine linientreue Faschistin war und die Regeln offenbar besser kannte als der Verbandsführer selbst.

Der Verbandsführer erschrak. Das hatte er völlig vergessen, weil es bei ihm zu Hause nie an geschmuggeltem Zucker und Mehl fehlte. Seine Frau backte immer heimlich, denn er liebte alles, was süß war.

«Ähm ... selbstverständlich, ich habe ja nur an ein paar Bonbons oder Plätzchen gedacht», sagte der Verbandsführer hastig. «Aber diese Einzelheiten überlasse ich Ihnen. Wichtig ist vor allem, dass Sie da sind. Ich begleite Sie selbstverständlich.»

Es war nicht leicht für Donna Ciccina Locastro, Frauen zu finden, die mit auf das Schiff kamen. Faschistinnen gab es genug, das schon, aber nicht solche, die freiwillig schlimm zugerichtete Männer besuchten. Bemitleidenswerte Männer, denen ein Fuß, ein Arm, ein Auge fehlte.

Und so lief Donna Ciccina einen Nachmittag lang von Pontius zu Pilatus, von einem Haus zum anderen. Aber die eine hatte einen kranken Sohn, die andere einen Arzttermin, die Nächste musste unbedingt ihre Schwester besuchen, die gerade entbunden hatte, noch eine andere hatte soeben ihre Uniform zur Schneiderin gegeben, um sie weiten zu lassen ...

Kurzum, am Freitagmorgen warteten um zehn vor zehn Donna Ciccina und neun Frauen in Uniform an der Schiffstreppe auf den Verbandsführer. Mehr hatte sie nicht überreden können.

Natürlich erzählten die Frauen ihren Männern von dem Besuch, als sie nach Hause kamen.

Und sie verschwiegen ihnen nicht, dass sich in dem Schiff ein abgetrennter Raum befand, in dem, wie der deutsche Kommandant durch den Dolmetscher erklären ließ, die ganz harten Fälle lagen, die derart zugerichtet waren, dass man sehr stark sein musste, um ihren Anblick zu ertragen. Die Frauen sollten sich vorher gut überlegen, ob sie dort hineingehen wollten.

Die Frauen hatten es sich gut überlegt und waren zu dem Schluss gekommen, dass sie dazu nicht fähig waren. Immerhin hatten sie ja ihre Pflicht als gute Faschistinnen erfüllt, und dann war es auch schon wieder Zeit, nach Hause zu gehen und das Essen vorzubereiten.

Die Geschichte von den Frauen, die sich geweigert hatten, die schlimm verletzten Soldaten zu besuchen, kam auch Signora Flora zu Ohren. Um sechs Uhr abends desselben Tages stand sie beim Hafenkommandanten auf der Matte, der sofort den Dolmetscher zum Schiff schickte, um Signora Floras Vorschlag dort vorzubringen. Nach weniger als einer halben Stunde kam der Dolmetscher zurück, der deutsche Kommandant war einverstanden. Am Samstagmorgen um halb zehn machten sich die Mädchen der Pension Eva also auf den Weg zum Hafen. Ordentlich gekleidet und nicht geschminkt gingen sie in zwei Dreierreihen hinter Signora Flora zum Ort des Grauens, und die neugierigen Blicke der Bewohner folgten ihnen, als sie das weiße Schiff betraten.

Sie saßen wie am Montag zuvor am Esszimmertisch. Die *Cuddriruni* schmeckten den Mädchen, Grazia wollte sogar das Rezept wissen: wie viel Mehl, wie viel Hefe, wie lange der Teig geknetet werden und wie lange man ihn unter der Wolldecke lassen musste, damit er aufging, wie viel Tomatensoße, wie viel Käse, wie viele Kartoffeln, wie viele Sardellen und bei wie viel Grad er gebacken werden musste.

Dann, als sie die *Salsicce* aßen, die perfekt zubereitet waren, kam Nenè die dumme Idee zu fragen, wie der Besuch bei den Deutschen gewesen sei. Aus der Stille, die sofort eintrat, schloss er, dass dies ein Fehler gewesen war.

«Es ist zwar nicht angebracht, jetzt darüber zu sprechen», sagte Signora Flora, die noch bei ihnen saß, «aber wenn Emanuela dir von ihrer Begegnung erzählen will, wird dir das vielleicht genügen, und du willst gar nicht mehr erfahren.»

Sie hatte italienisch gesprochen, wie sie es immer tat, wenn sie etwas Wichtiges zu sagen hatte. Emanuela begann zu erzählen. Aber es fiel ihr schwer, ihr deutscher Akzent war deutlicher zu hören als sonst.

«In dem Raum standen acht Betten, auf jeder Seite vier, doch eins war leer. Ich bin zum letzten Bett auf der linken Seite gegangen. Auf dem Weg dorthin … es gab nur sehr wenig Licht …»

«Man konnte kaum etwas sehen», unterbrach sie Signora Flora, «der Raum war auf dem untersten Deck, es gab kein Bullauge und auch kein zentrales Licht. Über jedem Bett hing nur eine schwache Birne. Aber erzähl weiter.»

«Schon als ich eintrat, schnürte es mir die Kehle zusammen», sagte Grazia leise.

«Als ich zu dem Bett ging», fuhr Emanuela fort, «sah ich, dass der Verletzte von drei Kissen gestützt wurde, sodass er aufrecht saß. Sein Kopf war verbunden, auch die Augen, nur sein Mund war zu sehen. Als ich mich auf den Stuhl ans Kopfende seines Bettes setzte, habe ich gemerkt, dass der Verwundete …»

Sie unterbrach sich und nahm einen großen Schluck Wein.

«… keine Beine mehr hatte. Und der linke Arm fehlte ihm. Über dem Kopfende hing ein Pappschild mit seinem Namen und seinem Rang: Gefreiter Hans Grimmel. Mir brach der Schweiß aus, ich wusste nicht, was ich tun sollte. Ich sagte seinen Namen, ‹Hans, Hans!›, doch er hat mich nicht gehört. Die Krankenschwester – es waren keine Ärzte da – gab mir zu verstehen, dass er mich weder hören noch sehen konnte. Ich habe ihr gesagt, dass ich deutsch spreche, aber sie hat nur eigentümlich gelächelt und ging aus dem Raum. Also saß ich da und dachte mir, wie sinnlos dieser Besuch gewesen war, als der Verwundete mir mit einem Mal ganz langsam den Kopf zuwandte. Vielleicht hatte er gerochen, dass ich da war, ich weiß es nicht. Dann hat er mit großer Mühe seine Hand ausgestreckt, seine einzige, als tastete er nach mir. Ich habe sie genommen und gedrückt. Nach einer Weile zog er mich langsam zu sich hin. Ich habe mich neben das Bett gekniet. Da hat er meine Hand losgelassen und angefangen, ganz leicht meine Haare zu berühren, meine Stirn, meine Augen, Nase, Mund und Hals. Als seine Hand weiter nach unten wanderte und dann plötzlich innehielt, begriff ich, was er wollte. Ich habe meine Bluse aufgeknöpft, den Büstenhalter ausgezogen und dann seine Hand auf meine Brust gelegt. Er hat mich lange gestreichelt. Plötzlich zog er die Hand zurück und fing an zu husten, so stark, als müsste er daran ersticken. Ich habe mich schnell angezogen, bin aufgestanden und habe die Krankenschwester gerufen. Als sie kam, habe ich sie gefragt, ob man etwas gegen diesen hartnäckigen Husten tun könne. Sie sah mich nachdenklich an und antwortete, dass da nichts zu machen sei, denn der Verwundete huste nicht, sondern weine. Und das war meine Geschichte.»

Verflucht sei der Moment, in dem ich den Einfall hatte, diese Frage zu stellen!, dachte Nenè, als er sah, dass den Mädchen die Tränen über die Wangen strömten. Signora Flora, die ebenfalls sehr bewegt war, erhob sich.

«Gute Nacht. Und bitte benehmt euch, ich verlasse mich auf euch.»

Auch diesmal waren alle entspannter, kaum dass Signora Flora die Tür hinter sich geschlossen hatte. Und die melancholische Stimmung, die durch Emanuelas

Erzählung aufgekommen war, wich jugendlichem Übermut.

«Machen wir's wie beim letzten Mal, wir knipsen das Licht aus und öffnen die Fenster», schlug Jacolino vor.

Ciccio machte die Fenster auf. Es war Vollmond. Er stand so tief, als hinge er direkt vor dem Fenster.

Was für ein Mond, wie bei Leopardi!, dachte Nenè, der sich vorhin wieder einmal in seinen Büchern verloren hatte. Die Umrisse der Schiffe waren klar zu erkennen, fast wie gezeichnet. Der Mond schien hell ins Zimmer und spendete genug Licht, dass man sich in die Augen blicken konnte. Doch sie sprachen leise, als gelte es ein Geheimnis zu hüten.

«Soll ich's dir zeigen?», flüsterte Grazia Nenè ins Ohr.

«Ja», sagte Nenè, ohne zu wissen, was das Mädchen meinte.

Grazia nahm seine Hand und zog ihn mit sich. Die anderen schauten aus dem Fenster und scherzten miteinander. Und so bemerkte niemand, dass sie das Zimmer verließen.

Es war stockdunkel im Flur, und als Nenè auf dem Treppenabsatz war, ahnte er, dass Grazia, die ihm vorausging, bereits die Treppe hinunterstieg.

«Mach das Licht an, ich sehe nichts.»

«Nein», sagte Grazia. «Ich will nicht, dass die anderen uns folgen. Halt dich an meinen Schultern fest.»

Er ging wie ein Blinder, aber er war glücklich: Er hatte verstanden, dass Grazia ihm das Haus zeigen wollte.

Wie sehr hatte er sich nach diesem Augenblick gesehnt! Wie oft hatte er sich gefragt, wie die Pension Eva wohl von innen aussah! Er erinnerte sich auch, wie er als kleiner Junge den Kopf in die Tür gesteckt hatte und von dem Uniformierten ausgeschimpft worden war.

Im ersten Stock steckte Grazia den Schlüssel in die Tür und öffnete sie leise.

«Komm rein.»

Nenè folgte ihr, Grazia schloss hinter ihm ab und machte das Licht an.

Sie standen in einem Korridor mit neun Türen, fünf auf der linken Seite, vier auf der rechten. Rechts führte eine breite Treppe nach unten.

«Hier arbeiten wir», sagte Grazia.

Sie machte zwei Schritte und öffnete eine der Türen.

«Das ist mein Zimmer.»

Der Raum war wie eine Gefängniszelle, man konnte sich darin kaum bewegen. Das Zimmer war sauber, roch nach Desinfektionsmittel, wie in einem Krankenhaus, und war karg eingerichtet: nicht mehr als ein schmales Bett, eine Kommode und ein Stuhl, an der Wand Waschbecken und Bidet, das war alles.

Grazia schloss die Tür und ging zum nächsten Zimmer.

«Das hier ist das Badezimmer.»

Sie öffnete eine weitere Tür.

«Das hier ist die Kammer des Dienstmädchens, sie schläft aber nicht hier.»

Ein Bett hätte ohnehin nicht hineingepasst. Das einzige Möbelstück war ein abgewetzter Sessel. Die Kammer glich eher einem Abstellraum, vollgestopft mit Bettwäsche, Handtüchern, Putzlappen, Besen und Seife.

«Lass uns jetzt nach unten gehen.»

Sie stiegen die Treppe hinab.

Und Nenè fand sich in einem riesigen Salon wieder, an dessen Wänden ringsum Sofas in unterschiedlichen Farben standen, dicht an dicht, sodass man meinen konnte, es handelte sich um ein einziges Sofa.

«Hier sitzen die Kunden. Wir kommen von oben herunter, stellen uns in die Mitte des Raumes und zeigen uns, bis uns schließlich jemand auswählt. Dann gehen wir mit dem Kunden nach oben auf unser Zimmer, und wenn wir fertig sind, kommen wir wieder runter und übergeben Signora Flora die Marke. Der Kunde bezahlt, wenn er geht. Signora Flora sitzt dort.»

Neben der Tür, die ins Vestibül führte, stand auf einem Podest ein kleiner Tisch mit einer riesigen Registrierkasse. Dahinter, auf dem großen Sessel aus Gold und rotem Damast, thronte an Arbeitstagen Signora Flora. An der Wand dahinter hing eine Tafel, die Preisliste.

EINFACH: 3,50 £
VIERTELSTUNDE: 7 £
HALBE STUNDE: 13 £
ITALIENISCHE UND DEUTSCHE SOLDATEN,
MILIZSOLDATEN, SCHWARZHEMDEN UND
MILITARISIERTE: 25 % RED.
ANDERE: PREIS NACH VEREINBARUNG

Als sie die Treppe wieder hinaufgingen, sagte Grazia:

«In den letzten drei Tagen hatte ich kaum Zeit, mich auszuruhen, weil so viele Matrosen und italienische und deutsche Soldaten kamen.»

Im ersten Stock öffnete Grazia nicht sofort die Tür, die zur zweiten Etage führte, sondern drehte sich zu Nenè um und sah ihm tief in die Augen.

«Willst du?»

Nenè fühlte, wie er rot wurde. Damit hatte er nicht gerechnet.

«Wenn … du es willst.»

Sie nahm ihn bei der Hand und zog ihn mit sich.

«Gehen wir nicht in dein Zimmer?»

«Nein, nicht in mein Zimmer. Das käme mir vor wie …»

Sie öffnete die letzte Tür des Korridors und ließ ihn eintreten.

«Dieses Zimmer wird nur in Notfällen benutzt.»

Sie umarmte Nenè fest. Nach einer Weile fragte sie:

«Darf ich dich auf den Mund küssen?»

Wieso fragte sie ihn um Erlaubnis?

«Ja, natürlich.»

Noch nie zuvor war er so geküsst worden. Grazias Zunge erforschte seinen Mund, sie leckte und kostete ihn. Ihm schwirrte der Kopf. Während sein Blut unten schlagartig zu klopfen anfing, als wollte es augenblicklich hinausschießen, begann er zu zittern. Das Mädchen bemerkte es.

«Bist du denn noch nie zuvor mit einer Frau zusammen gewesen?»

«Ein einziges Mal nur.»

«Bist du aufgeregt?»

«Ja.»

«Ich auch», sagte Grazia. «Wie seltsam. Fühl mal.»

Sie führte Nenès Hand an ihr Herz, damit er spüren konnte, wie stark es pochte.

Nenè wusste nicht, dass dies sein erstes und letztes Mal in der Pension Eva sein würde.

Zwei Monate später lernte er eine Frau kennen, die im dritten Jahr an der Universität studierte und Giovanna hieß. Man hatte sie nach Montelusa beordert, damit sie am Gymnasium Latein unterrichtete, weil es immer weniger Lehrer gab – sie waren alle im Krieg. Nenè war froh, dass Giovanna nicht in seiner Klasse unterrichtete, denn das hätte ihn in Verlegenheit gebracht. Giovanna wohnte allein in einer kleinen Wohnung in Montelusa. Damit Nenè abends mit ihr zusammen sein konnte, sagte er seiner Mutter, es sei zu gefährlich geworden, jeden Tag mit dem Bus in die Schule zu fahren, sie gerieten ständig unter Beschuss. Besser sei es, bis zum Ende des Schuljahres in Montelusa zu wohnen, und seine Mutter fand für ihn ein Zimmer bei einer Verwandten.

Trotzdem ging Nenè weiterhin jeden Montagabend mit Ciccio und Jacolino in die Pension Eva. Nicht, weil er hoffte, dass sich dort noch einmal eine glückliche Gelegenheit ergab, sondern weil er durch Emanuelas Geschichte verstanden hatte, dass er bei den Mädchen etwas über die Welt, über das Leben lernen konnte. Alle zwei Wochen kamen sechs ganz unterschiedliche

Mädchen in die Pension, mit denen er sprach und denen er zuhörte. Er hatte «mit der Zufriedenheit eines Botanikers» verstanden, «dass es nicht möglich wäre, anderswo eine seltenere Spezies aufzufinden als ebendiese jungen Blüten» (doch diese Worte von Proust würde er erst viele, viele Jahre später lesen).

Viertes Kapitel

Zeichen und Wunder

Wenden wir unsere Feder jetzt Dingen zu, die allen Staunens würdig erscheinen: jenen, die wegen ihres ungewöhnlichen Charakters aus sich selbst heraus bemerkenswert sind und in Staunen versetzen.

GIRALDUS CAMBRENSIS, Topographia Hibernica

Eines Morgens las die Griechischlehrerin ihren Schülern eine Ode von Pindar vor, die der Dichter für einen Montelusaner mit Namen Midas geschrieben hatte. Dieser hatte bei den Pythischen Spielen den Sieg davongetragen, weil sein Spiel auf der Flöte unvergleichlich schön war. Während des Wettbewerbs war ihm unglücklicherweise das Rohrblatt seines Instruments gesplissen, doch er gab nicht auf: Er drehte die Flöte einfach um und spielte sie wie eine Schalmei. So gewann er den Wettkampf. Diese Geschichte weckte Nenès Neugier. Er wollte unbedingt genauer wissen, wie Montelusa zur Zeit der Griechen und Römer ausgesehen hatte. Von da an ging er regelmäßig in die alte Bibliothek. Eines Tages fand er eine Rolle, auf die ein Mönch zu Beginn des achtzehnten Jahrhunderts eine Karte von Montelusa und der Umgebung gezeichnet hatte. Er hatte alle Veränderungen, die sich im Lauf der Jahrhunderte in der Stadt vollzogen hatten, fein säuberlich eingetragen. Und da entdeckte Nenè etwas, was ihn in Aufregung versetzte: an der Stelle, wo in Vigàta heute die Pension Eva war, hatte einmal ein Tempel gestanden, der zum heiligen Schutzwall der Stadt gehört hatte. Offenbar wurde nach der Zerstörung des griechischen Tempels an derselben Stelle ein anderer, ein römischer Tempel, errichtet, und nach dessen Zerstörung wiederum bauten die Christen eine kleine Kirche für Seefahrer. Der Ort war auserwählt, es war ein heiliger Ort!

«Und was sollen wir deiner Meinung nach tun, wenn wir in die Pension Eva gehen? Niederknien? Beten?», sagte Ciccio, als Nenè ihm seine Entdeckung mitteilte.

«Sei nicht albern! Ich will damit nur sagen, dass ein Ort, wenn er über Jahrhunderte hinweg als heilig gegolten hat, etwas Besonderes sein muss!»

«Wie wäre es, wenn ich Jacolinos Vater den Vorschlag mache, die Pension Eva in ‹Tempel der Venus› umzutaufen?»

Trotz der albernen Bemerkungen seines Freundes war Nenè davon überzeugt, dass die Pension Eva gleichsam ein verzauberter Ort war, was sich auch bestätigen sollte.

Oder war es etwa nicht Magie, dass Jacolino, der jeden Tag in der Pension Eva Nachhilfestunden bei Signora Flora nahm, in Griechisch und Latein Klassenbester wurde? Und die Hausaufgaben sogar zum Abschreiben an Ciccio und Nenè weitergeben konnte?

«Wie kann das sein?», fragte sich Professoressa Fernanda Gargiulo, die sich einfach nicht erklären konnte, wie aus Jacolino plötzlich ein Musterschüler geworden war.

Zwei Jahre hintereinander hatte sie ihn jeweils im Oktober die Latein- und Griechischprüfung wiederholen lassen und erst auf Anweisung des Rektors die Versetzung gewähren müssen. Der Rektor wiederum hatte seinerseits Anweisung vom Verbandsführer erhalten, und dieser war, wenn nicht angewiesen, so doch angefleht worden, dass sein Sohn versetzt werde. Und wie urbi et orbi bekannt war, machte Jacolinos Vater für den Verbandsführer den Kuppler. Doch zu Beginn der Obersekunda plötzlich schien Jacolino die toten Sprachen zu beherrschen, als wäre er am Parthenon oder am Forum Romanum zur Welt gekommen.

Professoressa Gargiulo korrigierte Jacolinos Hausaufgaben, aber nirgends konnte sie den Rotstift ansetzen, denn der Schüler machte einfach keine Fehler. Sie raufte sich vor Verzweiflung die Haare und gab ihm immer eine Zwei plus (bevor sie ihm die wohlverdiente Eins gegeben hätte, wäre sie lieber bei lebendigem Leibe begraben worden).

«Da stimmt doch was nicht! Da kann doch etwas nicht stimmen!»

Eines Morgens ließ Professoressa Gargiulo Jacolino im Unterricht aufstehen, um ihn zu prüfen. Sie zitterte vor Wut und wirkte, als ob sie jeden Augenblick der Schlag treffen würde.

«Steh auf, Jacolino, und sieh mich an! Bis vor kurzem hast du von Latein und Griechisch so viel verstanden wie eine Kuh. Du hast nicht das Recht, mich für dumm zu verkaufen! Erklär mir auf der Stelle, wie es kommt, dass keine Fehler mehr in deinen Arbeiten sind, oder ich gebe dir von jetzt an immer eine Sechs, auch wenn deine Hausaufgaben so perfekt sind, als wären sie von Cicero persönlich geschrieben! Und dafür werde ich auch vor dem Rektor und dem Verbandsführer geradestehen!»

Die ganze Klasse drehte sich zu Jacolino um, der von seinem Stuhl aufgestanden war. Er war zwar ein freches Bürschchen, aber ganz sicher konnte er der Lehrerin nicht von den Nachhilfestunden bei Signora Flora erzählen. Da kam ihm eine geniale Idee.

«Das kann ich hier vor der ganzen Klasse nicht gut erklären», sagte er ernst.

In Italienisch hatte Jacolino beispielsweise keine vergleichbaren Fortschritte gemacht. Der Grund dafür lag natürlich allein darin, dass das Bordell über keine Italienischlehrer verfügte.

«Dann komm zum Katheder.»

Jacolino ging nach vorne zur Professoressa und flüsterte ihr etwas ins Ohr, jedoch so laut, dass die Klasse es ebenfalls hören konnte.

«Eines Nachts, als ich im Bett lag und schlief, flog eine schneeweiße Taube zu meinem Fenster herein. Sie kreiste zweimal über meinem Kopf, und dann verschwand sie wieder. Dabei war das Fenster geschlossen.»

Professoressa Gargiulo sah ihn überrascht an.

«Und wie war die Taube dann hereingekommen?»

«Das fragen Sie mich?»

«Was soll das Ganze, Jacolino?»

«Ich weiß nicht, was das soll. Tatsache ist aber, dass ich seitdem Griechisch und Latein kann. Manchmal brauche ich nicht einmal ein Wörterbuch. Die Bedeutung der Worte kommt mir von ganz allein.»

«Meinst du das ernst?», fragte Professoressa Gargiulo, der, weil sie eine gläubige Frau war, angesichts dieser Geschichte sofort Zweifel kamen.

«Ich schwöre es. Und es geschah an einem Sonntag, nachdem ich die heilige Kommunion empfangen hatte.»

Das war eine unerhörte Lüge. Jacolino hatte, seit er mit sechs Jahren die erste heilige Kommunion empfangen hatte, keinen Fuß mehr in die Kirche gesetzt. Ciccio und Nenè und die gesamte Klasse hörten staunend zu. Das war mit Abstand Jacolinos beste Darbietung seit langem!

«Ich hatte zum Herrn gebetet und ihn angefleht, mich endlich Griechisch und Latein verstehen zu lassen. Und hinterher bin ich zum Pfarrer gegangen und habe ihm von der Taube erzählt.»

«Und was hat dir der Priester gesagt?»

«Dass es sich vielleicht um den Heiligen Geist gehandelt haben könne.»

Wenn sich die Dinge so verhielten, dann gab es keinen Zweifel: Jacolino hatte ein Wunder gesehen. Professoressa Gargiulo wurde bleich, bekreuzigte sich und schickte Jacolino an seinen Platz zurück. Von da an prüfte sie ihn nie wieder. Doch jetzt konnte sie ihm guten Gewissens eine Eins geben.

Und war es nicht auch ein Wunder (wenn auch nur ein halbes, wenn man das Ende der Geschichte kennt), dass Tatiana, die aus Reggio Emilia war und eigentlich Teresa Biagiotti hieß, genau zu dem Zeitpunkt in die Pension Eva kam, als der Rechtsanwalt Antonio Manzella gerade zwei Tage zuvor auf freien Fuß gesetzt worden war? Das faschistische Sondergericht hatte ihn zu vier Jahren Zuchthaus verurteilt, weil er einer kommunistischen Zelle angehörte.

Nun muss man wissen, dass diese Teresa, eine lebenslustige Frau um die dreißig, einen Vater hatte, der seit acht Jahren im Gefängnis saß, weil er Kommunist war. Sie selbst hatte als überzeugte Kommunistin eine große Wut im Bauch. Heimlich diente sie der Partei. Da sie alle vierzehn Tage in eine andere Stadt zog, nutzte sie die Gelegenheit, wohin sie fuhr, geheime Briefe und Befehle mitzunehmen, die sie den Genossen überbrachte. Wer dachte schon, eine Hure sei Kommunistin?

Zwei Tage nachdem sie in der Pension Eva eingetroffen war, zeigte sie sich den Gästen spärlich bekleidet im Salon. Ein Kunde fragte sie nach ihrem Namen.

«Tatiana.»

«Gehen wir.»

Kaum waren sie im Zimmer, zog Tatiana sich den Schlüpfer aus, als der Kunde, ein ernsthaft blickender Mann um die vierzig, schwarz gekleidet, mit Brille, die Hand hob und sagte:

«Warte. Ich habe einen Verwandten in Reggio Emilia.»

Das war der Erkennungssatz. Tatiana setzte sich aufs Bett, der Mann blieb stehen.

«Morgen kommt ein Genosse bei dir vorbei. Er ist nach vier Jahren Zuchthaus wieder auf freien Fuß gesetzt worden. Ich habe gehört, dass du, wenn du hier fertig bist, nach Trani weiterfährst. Stimmt das?»

«Ja.»

«Gut, das ist ein glücklicher Zufall, denn er hat wichtige Informationen für die Genossen in Trani. Aber Vorsicht, du musst ihm ein Zeichen geben, damit er dich erkennt. Er kann dich nicht einfach nach deinem Namen fragen, das wäre zu auffällig.»

«Und wie erkenne ich ihn?»

«Ihm fehlt die Kuppe seines linken kleinen Fingers. Ach ja, und wunder dich nicht, wenn er … du musst verstehen, er hat seit vier Jahren keine Frau angerührt …»

«Ist er nicht verheiratet?»

«Er war verheiratet, aber seine Frau ist gleich nach seiner Verhaftung aus der gemeinsamen Wohnung ausgezogen – als hätte sie's nicht abwarten können. Wir glauben, dass sie es war, die ihn angezeigt hat, aber beweisen können wir es nicht.»

Sie blieben noch ein paar Minuten still im Zimmer sitzen, dann warf Tatiana das Bettzeug durcheinander und wusch sich die Hände, sodass das Zimmermädchen keinen Verdacht schöpfte und merkte, dass Tatiana mit dem Kunden nur geredet hatte. Sie gingen die Treppe hinunter, der Mann bezahlte drei Lire fünfzig für «einfach», und Tatiana empfing den nächsten Kunden.

In der Nacht wachte Tatiana auf. Sie dachte an den Mann, den sie am nächsten Tag kennenlernen würde und der vier Jahre im Zuchthaus gesessen hatte. Sie dachte auch an ihren Vater, der schon doppelt so lang im Zuchthaus saß und noch zwei Jahre vor sich hatte. Sie war ergriffen, und sie nahm sich vor, diesem Mann, der morgen kommen würde, eine schöne Überraschung zu bereiten.

Am folgenden Abend erkannte sie ihn sofort unter den zehn Kunden, die dort saßen und sich für eins der Mädchen entscheiden mussten. Obwohl viele Menschen im Raum waren, wirkte er einsam, als befände er sich ganz woanders. Er sprach mit niemandem, er lachte nicht über die schweinischen Witze, die ein anderer laut erzählte. Er rauchte mit der linken Hand, und man konnte genau erkennen, dass ihm am kleinen Finger die Kuppe fehlte. Tatiana verlor keine Zeit. Sie stellte sich etwas breitbeinig vor ihn hin, den Morgenrock fast ganz geöffnet. Eine Hand steckte sie in ihr Höschen, als berührte sie sich, mit der anderen fasste sie sich an den Busen.

«Wer bist du?», fragte sie laut. «Mir ist gleich ganz heiß geworden, als ich dich gesehen habe. Komm, lass uns nicht länger warten.»

Der arme Mann – der Rechtsanwalt Manzella – wurde vor Verlegenheit ganz rot. Tatiana reichte ihm die Hand, er nahm sie, erhob sich vom Sofa und folgte ihr die Treppe hinauf.

Als sie im Zimmer waren, setzte er sich erst einmal. Er fuhr sich mit einem Taschentuch über die Stirn. Der Anblick eben hatte seine Wirkung getan: Seit vier Jahren hatte Manzella keine nackte Frau gesehen.

«Entschuldige, aber ich musste das machen, sonst …», sagte Tatiana, die sich vorstellen konnte, wie sehr der arme Mann litt.

Der Rechtsanwalt bedeutete ihr, dass er verstand.

Aber Tatiana sah ihm an, dass es schwer erträglich für ihn war, in einem Zimmer mit einer jungen Frau zu sein, die ihre Reize nur mit einem leichten Morgenmantel verdeckte. Sicher, sie war eine Genossin, aber eben auch eine wunderschöne junge Frau. Als er den Blick starr auf das Waschbecken richtete, gelang es ihm, klar zu denken.

«Also, wenn du in Trani bist, wirst du Besuch bekommen ...»

Er brachte vor, was er zu sagen hatte, klar und deutlich. Dann sah er Tatiana an. Er wollte sich erheben, aber er war wie erstarrt.

«Gut dann, das ist alles. Jetzt gehe ich wieder und ...»

Aber er schaffte es einfach nicht, aufzustehen. Sein Verlangen, die junge Frau zu berühren, war offensichtlich, aber es kam ihm unredlich vor, eine Genossin, auch wenn sie eine Hure war, um diesen Dienst zu bitten. Er war wegen einer Parteiangelegenheit zu ihr gekommen, sonst nichts.

«Nein», sagte die junge Frau resolut.

Tatiana konnte ihn doch nicht einfach wieder gehen lassen, einen Genossen, der so lange Zeit keine Frau mehr angerührt hatte! Und außerdem hatte sie eine Überraschung für ihn vorbereitet. Sie stand auf, zog ihm das Jackett aus, dann die Krawatte, danach bückte sie sich, um ihm die Schuhe auszuziehen und die Socken und Unterhose abzustreifen. Erst da gelang es Manzella aufzustehen. Tatiana erschrak fast ein bisschen vor dem, was sie sah: Sie fürchtete, seine Männlichkeit könne jeden Moment platzen wie ein Granatapfel, so angeschwollen war sie. Er hielt die Augen geschlossen, denn sicher wollte er vermeiden, zum Ende zu kommen, noch bevor das Vergnügen überhaupt begonnen hatte. Er keuchte.

«Nur einen Augenblick, mach die Augen zu!», sagte Tatiana.

Sie drehte sich um und nahm aus der Tasche ihres Morgenmantels einen Gegenstand, den ihr Vater ihr gegeben hatte und den sie immer heimlich bei sich trug. Sie zog sich aus, und als sie sich aufs Bett legte, sagte sie lachend:

«Jetzt mach die Augen auf und sieh mich an!»

Er öffnete die Augen und staunte.

Auf Tatianas gekräuselter Scham lag ein kleines rundes Medaillon mit rotem Bändchen und einer farbigen Fotografie des Genossen Stalin: mit Schnauzbart, Militärmütze und Duckmäuserblick!

Er, der unbesiegbare Feldherr, der höchste Anführer! Er!

Und es war, als wollte er dem Rechtsanwalt Manzella sagen:

«Genosse, zeig mir, was du kannst!»

Tatiana fing an, leise zu singen:

«Voran du Arbeitsvolk! Du darfst nicht weichen!
Die rote Fahne, das ist dein Zeichen!»

Zu ihrer Überraschung wurde der rotviolette Granatapfel mit einem Mal blassgelb und schrumpfte zusehends, bis er schließlich winzig klein geworden war und schlaff herunterhing.

Den Tränen nahe, legte Tatiana das Medaillon beiseite und tat alles, was sie konnte, um die Stimmung zu retten. Aber es gelang ihr nicht.

Und was soll man von dem halten, was an jenem Montag passierte, als Signora Flora nicht bei Tisch war, weil sie ihre schwerkranke Schwester in Palermo besuchte?

An diesem Montag, der später als «der epische Abend» oder auch als «der Abend der Verwandlungen» in die Annalen eingehen sollte, trafen mindestens drei glückliche Umstände zusammen.

Zunächst brachte Jacolino – man fragte sich, wie er immer an Lebensmittel aus Deutschland kam (eigentlich wusste man es sehr wohl, denn sein Vater hatte ja guten Kontakt zu den Deutschen) – an jenem Abend zwei Flaschen grünen Likör in die Pension Eva mit. Keiner wusste, was das für ein Zeug war. Trank man nur einen winzigen Schluck davon, brannte einem davon die Kehle. Dieser Likör, der offenbar mit hochprozentigem Wein gemischt war, machte einen derart betrunken, dass man sich erst drei Tage danach davon erholte.

Zudem hatte Nenè zufällig den *Rasenden Roland* dabei, den ihm ein Freund zurückgegeben hatte, kurz bevor Nenè in die Pension Eva ging.

Und schließlich war die Zusammensetzung der Huren äußerst überraschend. Denn von den sechs am Vorabend eingetroffenen Mädchen sahen fünf aus, als wären sie Schwestern. Sie sprachen sogar denselben Dialekt. Sie waren allesamt untersetzt, hatten einen großen Busen und einen breiten Hintern und sahen aus wie richtige Landpomeranzen, die an harte Feldarbeit gewöhnt waren. Oft gebrauchten sie schmutzige Ausdrücke (normalerweise taten das die Mädchen nur vor den Kunden) und waren ohne weiteres zu allen Schandtaten bereit. Das sechste Mädchen dagegen war hochgewachsen und rothaarig, schön und zurückhaltend.

Als das hübsche Mädchen, das in der Pension auf den Namen Giusi hörte, das Buch sah, das Nenè auf dem Tisch abgelegt hatte, nahm sie es in die Hand.

«Ach, der *Rasende Roland*!», sagte sie.

Nenè wurde neugierig.

«Kennst du das Buch?»

«Ja. Wir haben es in der Schule gelesen.»

«Auf welche Schule bist du gegangen?»

«Ich hab's bis zur Unterprima geschafft.»

Aber man konnte sehen, dass sie keine Lust hatte, von sich zu erzählen, und daher fragte Nenè nicht weiter.

Beim Essen wurden sie allmählich lauter und alberner. Eine der Frauen erzählte eine Geschichte, die sie in einem Bordell in Piemont erlebt hatte.

Gleich am ersten Abend, so erzählte sie, fiel ihr ein Mann auf, der seinen Blick nicht mehr von ihr abwandte. Er sah sie unentwegt an, sprach sie aber nicht an. Sie ging mit einem anderen Kunden aufs Zimmer, und als sie wiederkam, saß der Mann immer noch da und sah sie an. Am folgenden Abend und auch am darauffolgenden Abend kam er wieder, und wieder sah er sie nur an. Erst an ihrem letzten Abend im Bordell stand der Mann auf, gab ihr ein Zeichen, und sie nahm ihn mit auf ihr Zimmer. Das Mädchen machte sich, halb neugierig, halb verängstigt, auf einen stürmischen Akt gefasst, doch der Mann bedeutete ihr schweigend, dass sie auf dem Bett Platz nehmen solle, und kniete sich dann vor ihr nieder. Er legte den Kopf in ihren Schoß und verharrte so schweigend. Nach einer Viertelstunde – sie war schon ganz nervös – holte der Mann ein Bonbon aus seiner Tasche hervor, wickelte es langsam aus und steckte es sich in den Mund. Dann nahm er es wieder heraus, betrachtete es kurz und steckte es dem Mädchen in den Mund.

«Nicht zerbeißen», sagte er.

Und nach einer Weile:

«Gib's mir wieder.»

Er nahm es entgegen und steckte es sich erneut in den Mund. Und auf diese Weise hatten sie das Bonbon bald zu Ende gelutscht.

«Das war wunderschön, danke», sagte der Mann. Er zahlte die halbe Stunde und ging.

Alle lachten.

«In Mailand», erzählte ein anderes Mädchen gleich weiter, «wollte ein Kunde, dass wir, nachdem wir uns ausgezogen hatten, uns gegenüber hinstellten. Dann drückte er mit dem Zeigefinger auf meine linke Brustwarze und machte ‹tuuuuut›, wie eine Autohupe. Dann streckte er den anderen Zeigefinger aus, drückte ihn auf meine rechte Brustwarze und machte ‹beeeeep›. Danach nahm er meine linke Brust in die Hand und drückte sie kurz. Dabei machte er ‹tätätätätätä›. Mit der anderen Hand fasste er meine andere Brust und machte: ‹potipotipotipoti›. Es war unglaublich, wie echt das Hupen klang! Irgendwann war er nicht mehr zu bremsen: ‹tuutuutuutbeepbeep› ... Immer schneller, als wären wir mitten in den Mailänder Verkehr geraten. Er wurde ganz rot und glühte, und als er zum Höhepunkt kam, hob er den Arm und pfiff wie eine Lokomotive, so laut, dass die anderen aus ihren Zimmern gestürzt kamen.»

«Einer meiner Kunden wollte mal, dass wir beide einen Handstand machten und es mit den Beinen in der Luft trieben», erzählte die Dritte.

«Einer meiner Kunden versengte sich, nachdem er fertig war, sein bestes Stück mit einem Streichholz – weil er sich seiner Sünde so schämte?»

«Bei mir fielen einem Kunden ein Gebetbuch und ein Rosenkranz aus der Tasche, als er sich wieder anzog.»

«Bei mir ...»

Jede erzählte ihre Geschichte, und Nenè hörte zu. Es war ihm, als falle Regen auf ausgedörrtes Land, so sehr freute er sich an den Geschichten. Als sie fertig waren, fanden die fünf untersetzten Geschöpfe, dass es sehr heiß war, zogen sich die Blusen aus und blieben im Büstenhalter sitzen. Dann redeten die Frauen im Dialekt weiter, und ihre Diskussion wurde immer hitziger. Beinahe hätten sie sich an den Haaren gezogen. Schließlich waren sie sich am Ende alle einig und lachten ausgelassen. Sie rückten drei Stühle zusammen, stellten den Tisch beiseite, baten Nenè, Ciccio und Jacolino, auf den Stühlen Platz zu nehmen, und stellten sich vor ihnen auf.

Das sechste Mädchen, das seine Bluse nicht ausgezogen hatte, blätterte noch immer im *Rasenden Roland*.

«Auf die Plätze!», sagte eines der Mädchen und nahm die Hände auf den Rücken.

Die anderen Mädchen taten es ihr gleich.

«Fertig!»

Sie hatten noch immer die Hände hinter dem Rücken.

«Los!»

Die Mädchen zogen sich die Büstenhalter aus und ließen sie zu Boden fallen.

«Wer hat den schönsten Busen?», fragte das Mädchen, das hier das Wort führte.

«Heilige Muttergottes! Das Urteil des Paris!», rief Jacolino begeistert.

«Dürfen wir sie anfassen?», fragte Ciccio.

«Natürlich», antwortete die Wortführerin.

Sie betrachteten die Brüste der Mädchen von nahem und von weitem, berührten und drückten sie und fühlten ihr Gewicht.

«Bei mir siegt die Erste von links», sagte Nenè.

«Bei mir ist es die Erste von rechts», sagte Ciccio.

«Alle», sagte Jacolino.

«Los, entscheidet euch», sagte die Wortführerin.

Doch die Sache nahm eine überraschende Wendung. Zu viel Wein, zu viel grüner Likör. Ciccio sah Nenè böse an.

«Erlauben Sie mir, dass ich Ihnen etwas sage, Signore», sagte er. «Und auch, wenn Sie's mir nicht erlauben, sage ich es trotzdem: Sie haben keinen blassen Schimmer von weiblicher Schönheit.»

Nenè lief rot an.

«Wissen Sie, Signore», fuhr er fort, «als ich mich bereits mit Frauen vergnügte, haben Sie noch an den Klapperstorch geglaubt.»

Ciccio stand wütend auf.

«Betrachten Sie sich als geohrfeigt, Signore!»

«Gut, Sie werden meinen Sekundanten empfangen.»

Jacolino war Nenès Sekundant, Giusi sollte Ciccios Sekundant sein. Jacolino ging mit ernster Miene auf Ciccio zu und fragte ihn, wann und wie er sich im Duell schlagen wolle. Ciccio erwiderte, er müsse sich erst mit seinem Sekundanten Giusi beraten und gebe ihm dann eine Antwort.

Die Unterredung dauerte eine Weile. Giusi hatte den *Rasenden Roland* zur Hand genommen und besprach sich leise mit Ciccio. Der schien überzeugt. Giusi erstattete Jacolino und Nenè Bericht.

«Mein Herr möchte sich hier und jetzt mit euch schlagen. Die Waffe ist die Lanze, das Duell findet zu Pferde statt. Signori, es ist an euch, das Pferd zu wählen», sagte sie abschließend und deutete auf die fünf Mädchen.

Nenè wählte natürlich das Mädchen, das seiner Meinung nach die schönsten Brüste hatte.

«Gekämpft wird nackt. Das Publikum möge Platz nehmen und die Mitte des Zimmers frei halten.»

«Auch die Zuschauer müssen nackt sein», befahl Jacolino – und ging mit gutem Beispiel voran.

Die anderen taten es ihm unter großem Gelächter gleich. Nur Giusi zog sich nicht aus; sie verließ das Zimmer und kehrte mit zwei Besenstielen zurück. Einen gab sie Ciccio, einen Nenè.

«Dies sind eure Lanzen.»

Die beiden Mädchen, die die Pferde sein sollten, hatten sich ausgezogen und steckten sich die Haare zu einem Knoten zusammen.

«Nein», sagte Nenè, «Pferde haben eine Mähne. Was soll das?»

«Lass sie! Mit offenem Haar können sie sich wehtun», mischte Giusi sich ein.

«Wie lauten die Regeln des Kampfes?», fragte Nenè und hob sich auf die Schultern seines Mädchens.

Das Mädchen hielt ihn mit beiden Händen an den Schenkeln fest.

Ein bisschen besorgt fragte Nenè sein Pferd:

«Baiardo, trägst du mich auch sicher?»

«Du wiegst doch gar nichts!», erwiderte sein Pferd.

Und stieß ein lautes Gewieher aus, auf das Ciccios Pferd am anderen Ende des Zimmers antwortete.

«Wenn dein Pferd Baiardo heißt», sagte Ciccio zu Nenè, «dann wisse, dass meines den Namen Rabicano trägt.»

«Dann willst du etwa Astolfo sein? Haha!», lachte Nenè verärgert.

«Und du willst Rinaldo sein? Haha!», entgegnete Ciccio.

«Auf mein Kommando beginnt ihr den Kampf», sagte Giusi, «und wenn ich Halt sage, hört ihr auf! Der Erste, der vom Pferd fällt, hat verloren. Fertig?»

Da erhob Nenè die Lanze und rief:

«Lauf, Baiardo, nur einen Stoß,
Und Astolf wird zum saft'gen Hackkloß!»

Ciccio antwortete umgehend:

«Lauf, Hippogryph, mit Flügeln wie Sekel,

Rinald' auf Baiardo erregt mir Ekel!»

«Fertig?», wiederholte Giusi.

Die Ritter rüsteten sich mit den Lanzen zum Kampf.

«Wetten werden hier angenommen!», rief Jacolino.

«Los!»

Die beiden Pferde liefen aufeinander zu.

«Bududùn bududùn bududùn», sang Jacolino, der den Kampf musikalisch begleitete.

Kurz bevor sie frontal zusammenprallten, wichen die Pferde in letzter Sekunde zur Seite. Die erste Runde war mit einem einfachen Stellungswechsel zu Ende gegangen. Und Ciccio, der die Lanze hob, rief:

«Komm doch, Rinaldo, ist dein Mut denn nicht heiß?

Ich durchlöchere dich wie Käs aus der Schweiz!»

Und Nenè:

«Komm doch, Astolfo, greif tapfer jetzt an!

Mein Lanzenstoß macht, dass du bist länger kein Mann!»

Sie rüsteten sich erneut zum Kampf, indem sie sich die Besenstiele unter die Arme klemmten.

«Los!», befahl Giusi.

Doch kaum hatte Rabicano zwei Schritte gemacht, rutschte er aus und fiel zu Boden. Astolfo, aus dem Sattel geworfen, warf die Lanze fort, versuchte, sich an der Mähne seines Pferdes festzuhalten, fiel aber seinerseits auf den Rücken. Baiardo blieb, um nicht gegen Rabicano zu prallen, auf der Stelle stehen. Rinaldo flog durch die Luft, ließ die Lanze los und landete mit einer Art Purzelbaum auf dem Boden.

Allgemeines Gelächter brach aus. Denn die mutigen, unbändigen Ritter lagen nun auf dem Rücken, und ihre zum Kampf gerüsteten Lanzen waren entblößt und ragten steil empor, nachdem sie sich lange an den schwitzenden Körpern der Mädchen gerieben hatten. Und da geschah etwas Unerwartetes. Denn bei diesem Anblick stürzte sich Rabicano, das Pferd, wie durch Zauberei in den Paladin Astolfo verwandelt, auf seinen ehemaligen Herrn. Mit wildem Geschrei bestieg es ihn und ritt ihn unbarmherzig, unter den mutigen Zurufen der Umstehenden, dieweil, ohne weiter Zeit zu verlieren, Baiardo es Rabicano gleichtat, das in Rinaldo verwandelt worden war. Lang und erbarmungslos war der Kampf, bis die Pferde schließlich, ohne einen Tropfen Blut mehr in den Adern, erschöpft liegen blieben …

Cavaliere Calcedonio Lardera, der über achtzig Jahre alt war, ging jeden Abend zur Pension Eva, so wie andere in einen Club oder ins Kino gingen, und blieb bis zur Sperrstunde dort. Er war Witwer, kinderlos, von Natur aus mürrisch und unfreundlich und hatte daher keine Freunde oder Verwandte, die ihn gerne um sich gehabt hätten. Er lebte mehr schlecht als recht von seiner Rente, doch irgendwann musste er einmal sehr reich gewesen sein. In der Stadt erzählte man sich, dass er ein richtiger Frauenheld gewesen sei. Doch seit ihm sowohl das Geld als auch – aufgrund seines fortgeschrittenen Alters – die Fähigkeit abhandengekommen war, Frauen zu erobern, tröstete er sich, indem er der Pension Eva allabendlich einen keuschen Besuch abstattete. Er ließ sich, weil er sich nichts anderes leisten konnte, vom Duft der Frauen und ihrem Lachen betören. Pünktlich um neun kam er und setzte sich immer an denselben Platz (seit wie vielen Jahren stand da eigentlich schon das Schild mit der Aufschrift «Reserviert für Cav. Calcedonio Lardera»?) und stützte sich auf den mit Intarsien verzierten Elfenbeingriff seines Gehstocks. Es bereitete ihm Vergnügen, was er beobachtete – zu mehr war er nicht mehr in der Lage. Wer ihn gut kannte, bat ihn oftmals um Rat.

«Cavaliere, was halten Sie von dieser Ines? Sollte man ihretwegen eine Marke kaufen?»

Bei solchen Fragen erinnerte sich der Cavaliere an längst vergangene Zeiten, die niemals wiederkommen würden, sah sich besagtes Mädchen an und gab dann sein Urteil ab. Dabei irrte er sich nie.

Auch als der Krieg immer brutaler wurde und die Flugzeuge Überraschungsangriffe flogen, ließ sich der Cavaliere immer an seinem angestammten Platz blicken.

Eines Abends, als er gerade die Pension betreten wollte, explodierte eine Bombe unmittelbar neben ihm, und der Cavaliere wurde durch die Druckwelle gegen die Fassade der Pension geschleudert. Doch wie durch ein Wunder hatte kein einziger Splitter den Cavaliere getroffen. Wie ein Spuk war der Angriff wieder vorbei. Alle, die in der Pension waren und sich noch von dem Schrecken erholen mussten, sahen, wie der Cavaliere vornübergebeugt hereinkam, die Hände an den Bauch hielt und rief:

«Um Himmels willen, schnell! Um Himmels willen!»

In dem ängstlichen Stimmengewirr der Mädchen und der Kunden war deutlich der Ruf der Signora Flora zu hören, die zum Cavaliere eilte:

«Holt einen Arzt! Und bringt mir den Erste-Hilfe-Koffer! Der Cavaliere ist verletzt!»

«Was heißt hier verletzt?», sagte der Cavaliere und schob Signora Flora von sich weg, die seinen Arm stützte. «Eine Frau, schnell!»

«Was denn für eine Frau?», fragte Signora Flora entgeistert.

Doch der Cavaliere antwortete ihr gar nicht, er lief zu den Mädchen hinüber, die sich im Salon versammelt hatten, packte eine von ihnen, Manola, und zog sie mit sich die Treppe hinauf.

«Schnell, Manola, schnell!»

Der Aufruhr in der Pension legte sich. Die Gäste sahen sich ratlos an. Was war nur in den Cavaliere gefahren?

Sollte es möglich sein, dass nach so vielen Jahren der Waffenruhe ...?

Fünf Minuten vergingen, zehn Minuten vergingen.

«Er muss gestorben sein», wagte einer der Kunden zu sagen.

«Glaub ich nicht, dann hätte Manola uns gerufen», sagte Signora Flora.

Nichts. Nach einunddreißig Minuten erschienen der Cavaliere und das Mädchen oben an der Treppe.

«Nicht mal ein Bursche von zwanzig hätte das gekonnt!», verkündete Manola. «Er hat alles gegeben.»

Die anderen Gäste standen auf und klatschten Beifall.

«Der Cavaliere zahlt für eine halbe Stunde», sagte Manola stolz zu Signora Flora und übergab ihr die Marke.

«Der Cavaliere zahlt nichts. Das geht aufs Haus», sagte Signora Flora.

Von da an ging der Cavaliere, sobald die Bomben fielen, absichtlich aus dem Haus und streifte durch die Straßen, in der Hoffnung, dass eine weitere Bombe das Wunder wiederholen würde, durch das er für eine halbe Stunde wieder zum jungen Mann geworden war. Doch nichts, keine Bombe wollte ihn treffen. Da hatte er den Einfall, sich eine große Taschenlampe zu beschaffen. Wenn der Alarm ertönte und die Flieger kamen, ging er hinaus und schaltete die Taschenlampe ein, in der Hoffnung, auf diese Weise die Aufmerksamkeit der Kampfpiloten auf sich zu lenken. Doch er lenkte nur die Aufmerksamkeit eines italienischen Soldaten auf sich, der ihn für einen feindlichen Spion hielt und ihn erschoss.

Am ersten Tag ihres zweiwöchigen Aufenthalts in der Pension Eva, es war der siebenundzwanzigste August, erhielt Nadia einen Brief von ihrem Bruder Filippo aus dem Gefängnis in Mailand. Er schrieb, er habe die Wiederaufnahme seines Prozesses erreicht, der zuvor mit seiner Verurteilung zu zwanzig Jahren geendet hatte.

Die Chancen stünden gut, dass er nach einem neuen Prozess entlassen werde. Denn er sei unschuldig, wie er immer wieder sagte. Doch dieser Prozess, bei dem ihn einer der besten Rechtsanwälte Mailands verteidigen werde, koste, alles zusammengerechnet, nicht weniger als zehntausendsiebenhundertfünfzig Lire. Und wer habe schon so viel Geld? Könne Ninetta (Nadia war ihr Name in der Pension Eva) ihm vielleicht unter die Arme greifen? Wenn nicht, dann mache es auch nichts. Dann bleibe er eben im Gefängnis.

Nadia fing an zu weinen: Ihre Ersparnisse beliefen sich auf eintausendreihundert Lire, und das war nicht annähernd so viel, wie nötig war, um die Prozesskosten zu zahlen.

In der Nacht konnte sie keinen Schlaf finden. Sie wälzte sich im Bett, weinte und betete zum Herrn Jesus, zur Muttergottes und vor allem zum heiligen Ambrosius. Und sie tat ein Gelübde: Sie würde mit keinem Mann zu ihrem Vergnügen schlafen (aus beruflichen Gründen natürlich schon, aber das war etwas anderes), wenn es ihr vorher nicht gelänge, das nötige Geld aufzutreiben.

Als Signora Flora am nächsten Morgen sah, dass Nadias Augen gerötet und geschwollen waren und aussahen wie zwei reife Tomaten, nahm sie sie beiseite. Nadia gab ihr Filippos Brief zu lesen. Signora Flora hatte Mitleid mit ihr und versuchte vergebens, sie zu trösten.

In der zweiten verzweifelten Nacht bekam Nadia, während sie zum heiligen Ambrosius betete, starkes Kopfweh. Sie suchte ihre Tabletten, konnte sie aber nicht finden. Dann erinnerte sie sich, dass sie sie in dem Zimmer vergessen hatte, wo sie am Tag mit den Kunden war. Weil es sehr heiß war, ging sie splitternackt, wie sie war, die Treppe hinunter, öffnete unten im ersten Stock die Tür des Zimmers, schaltete das Licht ein und wäre fast ohnmächtig geworden.

Auf dem Stuhl saß ein Mönch mit langem Bart, ein schöner junger Mann in weißer Kutte mit schwarzem Überwurf. Doch was sie mehr als alles andere überraschte, war der Umstand, dass der Mönch eine schwarze Hautfarbe hatte.

«Wie sind Sie hereingekommen?», fragte das Mädchen ängstlich.

«Ich kann überallhin», sagte der Mönch.

«Was wollen Sie?», fragte Nadia etwas ruhiger, als sie sah, dass der Mann einfach ruhig dasaß und sie anlächelte.

Ob Mönch oder nicht, dieser junge Mann war von seltener Schönheit, und von ihm ging eine besondere Herzenswärme aus, wie eine magische Kraft. Obwohl sie Kopfschmerzen hatte und in Gedanken noch bei Filippo war, konnte Nadia sich nicht zurückhalten, zu ihm zu laufen, sich ihm auf den Schoß zu setzen und ihn zu umarmen und zu küssen.

«Was ich will? Das Gleiche, was die anderen Männer wollen, die zu dir kommen», sagte der Mönch und starrte ihr auf die Brüste und Schenkel.

Nadia war, als streichelte er sie langsam mit seinem Blick, wie eine Berührung voller Leidenschaft, sodass ihr die Knie ganz weich wurden.

«Nein, Sie müssen mich entschuldigen, aber ich kann das … ich kann das nicht», sagte sie mit Mühe. Und damit er nicht meinte, dass er ihr nicht gefalle, fügte sie hinzu:

«Zu dieser Stunde darf ich das nicht zulassen. Die Pension ist geschlossen, und wir haben keinen Dienst.»

«Auch wenn ich dich großzügig entlohne?»

«Auch dann nicht.»

«Woher kommst du?»

«Aus Mailand.»

«Dann ist dein Schutzpatron der heilige Ambrosius.»

«Ja.»

«Und betest du manchmal zu ihm?»

«Ja.»

«Der Heilige dieser Stadt heißt aber San Calogero, San Calò. Und weil du gerade hier bist, wäre es eigentlich angebrachter, wenn du zu ihm beten würdest. Mailand ist schließlich weit weg.»

Nadia war ganz dicht vor ihm. Sie konnte der mächtigen geheimnisvollen Anziehungskraft dieses Mannes nicht widerstehen, dessen Pracht sich unter der Kutte erahnen ließ. Und was für Augen dieser Mönch hatte! Ein schwarzer abgrundtiefer See. Und was für ein schöner Mund!

Ein Mund, den sie, ohne zu wissen, was sie tat, voller Verzweiflung küsste.

Dabei empfand sie eine Lust wie nie zuvor in ihrem Leben … so stark, dass ihr ein einziger weiterer Kuss reichte, um …

Lust? Und das Gelübde, das sie abgelegt hatte? Das

feierliche Versprechen? Nein, das durfte sie aus Liebe zu ihrem Bruder nicht brechen. Unvermittelt stand sie vom Schoß des Mannes auf, der sie gar nicht berührt, ja noch nicht einmal gestreift hatte. Ihren Kuss hatte er nicht erwidert.

«Ich kann nicht, entschuldigen Sie bitte.»

Sie verließ das Zimmer. Die Tabletten nahm sie mit, doch sonderbarerweise brauchte sie sie gar nicht mehr, ihre Kopfschmerzen waren verschwunden, und sie fühlte sich angenehm müde. Kurz bevor sie einschlief, sprach sie ein Gebet zum Heiligen der Stadt, San Calò, zu dem sie noch nie gesprochen hatte. Als sie am nächsten Morgen aufwachte, suchte sie ihre Tabletten, konnte sie aber nicht finden. Sie ging in das Zimmer in der ersten Etage hinunter und öffnete die Schublade des Nachttischs: Dort lag die Schachtel. Es verschlug ihr die Sprache. Wie denn? Hatte sie die Tabletten in der Nacht nicht mit hinaufgenommen, nachdem sie dem Mönch begegnet war? Sie dachte nach: War sie dem Mönch wirklich begegnet, oder hatte sie nur geträumt? Wenn sie jetzt am Tage darüber nachsann, war sie überzeugt, dass alles nur ein Traum gewesen war, der ihrer Aufregung geschuldet war. Wäre ja noch schöner! Ein Mönch, der eine Frau in einem Bordell aufsucht. Man weiß ja nicht mal, wie er überhaupt hereingekommen ist! Ein schwarzer Mönch! Reine Phantasie! Fast schämte sie sich.

Gegen zehn Uhr abends bekam Nadia leichtes Fieber. Sie bat Signora Flora, auf ihr Zimmer gehen zu dürfen, und legte sich ins Bett. Ihr Mund brannte, weil sie so durstig war. Gegen Mitternacht kam Signora Flora, um nach ihr zu schauen. Sie sagte Nadia, dass sie sofort Fieber messen solle.

«Versuch, dich auszuruhen. Morgen früh rufe ich den Arzt.»

Ausruhen: Daran war gar nicht zu denken! Gegen drei Uhr in der Nacht stand Nadia auf. Sie hatte das dringende Bedürfnis, hinunter ins Zimmer in der ersten Etage zu gehen. Im Dunkeln stieg sie die Treppe hinab. Sie wollte auf keinen Fall, dass die anderen sie hörten. Als sie die Tür öffnete, saß der Mönch dort, wo er auch in der Nacht zuvor gesessen hatte.

«Ich habe auf dich gewartet.»

«Und ich bin gekommen.»

«Ich wollte dir sagen, dass ich mich informiert habe.»

«Worüber?»

«Über dich, dein Leben, deinen Bruder Filippo.»

«Aber wie haben Sie …»

«Ich habe viele Freunde. Sie haben mir versichert, dass dein Bruder nichts mit der Sache zu tun hat. Er ist unschuldig.»

Es klang so wahrhaftig und überzeugend, dass Nadia vor Erleichterung auf die Knie fiel. Tränen strömten ihr übers Gesicht.

«Meinen Sie das ernst?»

«Ich mache niemals Scherze. Und ich sage dir noch etwas anderes: Ich kann dafür sorgen, dass dein Bruder den Prozess gewinnt.»

«Dann tun Sie es bitte, um Himmels willen!», flehte Nadia ihn an und hob die gefalteten Hände.

«Unter einer Bedingung.»

«Welcher?»

«Dass du mir gibst, was du anderen Männern gibst.»

«Nein, das geht nicht.»

«Warum?»

«Weil …»

«Los, sag's schon.»

«Weil ich spüre, dass ich mit dir wahre Lust empfinden würde.»

«Das ist doch umso besser.»

«Aber ich habe ein Gelübde abgelegt, ich darf es nicht brechen.»

Mehr konnte sie nicht sagen. Sie ging langsam die Treppe wieder hinauf in ihr Zimmer und warf sich aufs Bett. Erschöpft schlief sie ein. Am nächsten Morgen hatte sie kein Fieber mehr, sie fühlte sich aber noch schwach. Es war nicht nötig, den Arzt zu rufen. Nadia war davon überzeugt, dass die Begegnungen mit dem Mönch ein Traum gewesen waren. Aber um sicherzugehen, fragte sie Signora Flora, ob man unter Umständen nachts heimlich in die Pension gelangen könne.

«Ja, bist du denn von Sinnen?», war die Antwort.

Am Einunddreißigsten morgens wurde sie durch lautes Trommeln geweckt. Sie blinzelte durch die Fensterläden und sah draußen vor der Pension Eva zwölf Männer in weißem Hemd und schwarzer Hose. Sie trugen bunte, auf dem Kopf verknotete Tücher und spielten Tamburine unterschiedlicher Größe.

«Die Feierlichkeiten für San Calò haben begonnen», erklärte Signora Flora den Mädchen, die allesamt vom

Festland waren. «Und weil morgen der erste Sonntag im September und Feiertag ist, bleibt die Pension geschlossen. Ihr müsst euch unbedingt den Umzug ansehen. Männer tragen die Statue des Heiligen und gehen neben einer Tragbahre, auf der kranke Kinder sitzen. Von Fenstern und Balkonen wirft man Brot herunter, das eigens für das Fest gebacken wird. Die Leute, die im Zug mitgehen, fangen das Brot auf. San Calò ist der Volksheilige, der Heilige der Unglücklichen, Kranken, Armen und Hungerleidenden.»

«Schauen Sie sich die Prozession an?», fragte eines der Mädchen Signora Flora.

«Bestimmt. Ihr könnt gerne mitkommen. Um Punkt ein Uhr verlässt der Heilige die Kirche.»

Am nächsten Tag aßen sie früh zu Mittag und verließen um halb eins gemeinsam die Pension. Doch Nadia war nicht nach Ausgehen. Sie legte sich wieder hin und dachte über ihr Schicksal nach. Gegen sechs Uhr abends hörte sie, wie die Tamburine näher kamen. Die Prozession würde gleich an der Pension vorbeiziehen. Da stand sie auf, ging ans Fenster und öffnete die Fensterläden einen Spalt. Das Erste, was sie sah, war die Statue des Heiligen. Ihr stockte der Atem. Wie konnte es sein, dass der Heilige dieselbe schwarze Hautfarbe hatte wie der Mönch, dem sie nachts begegnet war? Auch sahen sie sich ähnlich, nur dass der Heilige schon alt war und einen langen weißen Bart trug. Und war es wirklich nur wegen des Schwindelgefühls, das sie plötzlich überkam, dass sie meinte, die Statue hätte ihr in die Augen gesehen, kurz bevor sie ohnmächtig zu Boden sank?

Sie entschied, sich der Signora Flora anzuvertrauen. Doch die lachte nur.

«Aber du hast den heiligen Calò doch gleich bei deiner Ankunft gesehen!»

«Wo denn?»

«In meinem Zimmer, komm, ich zeig ihn dir.»

Eine kleine Statue des Heiligen stand auf dem Nachtschränkchen der Signora Flora. Nadia hatte ihn wahrscheinlich wahrgenommen, ohne sich weiter darüber Gedanken zu machen. Und dann war er ihr im Fieber erschienen. Sie hatte sich die ganze Geschichte mit dem Mönch nur eingebildet.

Der Tag kam, an dem sie aus der Pension Eva abreisen sollte. Als Nadia ihren Koffer öffnete, um ihre Kleider einzupacken, sah sie Filippos Brief, den sie dort aufbewahrt hatte. Der Umschlag kam ihr mit einem Mal so dick vor, vielleicht hatte sie irgendetwas hineingetan und es wieder vergessen? Sie öffnete den Brief, schob die Hand hinein, und was sie ertastete, ließ sie erstarren. Ganz langsam zog sie zehn Tausend-Lire-Scheine heraus, sieben Hunderter und einen Fünfziger: genau die Summe, die sie brauchte. Sie fasste sich an die Stirn, aber die war nicht heiß; sie hatte kein Fieber.

«Gleich wache ich auf und werde merken, dass nichts von alledem wahr ist.» Sie gab sich eine kräftige Ohrfeige.

Sie spürte den Schmerz, aber die Scheine waren trotzdem noch da. Das Geld, das sie für ihren Bruder brauchte, lag vor ihr abgezählt auf dem Bett. Wie war das möglich? Plötzlich begriff sie. Zitternd öffnete sie die Tür und rief atemlos:

«Signora Flora, bitte, kommen Sie schnell!»

Als Signora Flora die verstörte Stimme des Mädchens hörte, stürzte sie sofort herbei.

«Kommen Sie herein und schließen Sie die Tür. Was sehen Sie auf dem Bett?»

«Geld, viel Geld.»

Da umarmte Nadia Signora Flora, fing an zu weinen und lachte gleichzeitig, verhaspelte sich und stotterte:

«Er hat ein Wunder an mir getan! Sehen Sie, dass ich recht hatte? Er ist zweimal gekommen und hat mich besucht, um mich auf die Probe zu stellen. Er wollte sehen, ob ich mein Gelübde halte!»

Signora Flora war so gerührt, dass sie gar nichts sagen konnte.

«Was soll ich jetzt machen?», fragte Nadia schließlich. Signora Flora überlegte einen Augenblick.

«Was sollst du schon machen? Nimm das Geld und schick's deinem Bruder. Aber jetzt geh in die Kirche und zünde eine Kerze für den heiligen Calò an. Nur eine, das genügt ihm. Und erzähl niemandem von der Geschichte. Es sollte nicht die Runde machen, dass San Calò nachts ins Bordell kommt und eine Hure besucht.»

Als Domenico Piolo in dem Alter war, in dem kleine Kinder anfangen zu sprechen, merkten sein Vater und seine Mutter, sein Nonno und seine Nonna, seine Onkel und Tanten, kurzum alle in seiner Familie, dass er, genannt Minicuzzo, stotterte. Es war eine Qual für ihn und für alle, die ihm zuhören mussten.

In der Grundschule hänselten ihn die Klassenkameraden. Die Lehrerin fragte:

«Und wie heißt du?»

«Do... Do... Do...»

«... re mi fa sol la si», sang die Klasse im Chor.

«Pio... Pio... Pio...»

«Kikeriki! Kikeriki!», sang die Klasse.

Weil er aber sehr schnell schreiben und lesen lernte, trug er von da an immer einen Zettel bei sich, auf den er schrieb, was er zu sagen hatte. Er schloss die höhere Handelsschule ab und fand eine Anstellung bei der Gemeinde. Mit fünfundvierzig heiratete er eine Frau, die fünf Jahre jünger war als er und bis zu diesem Zeitpunkt mit ihren Eltern zusammengelebt hatte. Sie verließ das Haus nur, um zur Kirche zu gehen. Nach sechs Monaten Ehe begriff Minicuzzo, dass Luisina, seine Frau, ihm diese bestimmte Sache nur einmal im Monat erlaubte. Es musste stockdunkel sein, und sie schob das Nachthemd gerade so weit hoch wie nötig. Und während er sich abmühte, betete Luisina mit leiser Stimme Verwünschungen und das Paternoster.

«Wie... wie... wie... wieso be... be... be... betest du?»

«Um nicht der Sünde des Fleisches zu verfallen.»

Nach sieben Monaten Ehe begann Minicuzzo Piolo, regelmäßig in die Pension Eva zu kommen. Er war zwar schon vor seiner Ehe ab und zu dort gewesen, jetzt aber ging er jeden Samstagabend hin.

«Wohin gehst du?», fragte Luisina ihn nach über einem Jahr, als ihr Mann samstags wieder einmal das Haus verließ.

Sie begriff nicht besonders schnell, was um sie herum passierte, und wirkte immer ein bisschen abwesend.

«Ich spiele mit Onkel Tano Karten», schrieb Minicuzzo auf seinen Zettel.

Das stimmte wenigstens zum Teil. Minicuzzo spielte schnell eine Runde mit Onkel Tano, und danach eilte er zur Pension Eva. Doch nach zwei Jahren starb Onkel Tano.

«Wohin gehst du denn jetzt, wo Onkel Tano doch, Gott hab ihn selig, nicht mehr unter uns weilt?»

Jemine, was für ein Theater! Minicuzzu, der gerne die halbe Wahrheit sagte, schrieb:

«Ich gehe in die Pension Eva.»

Was wusste Luisina schon von der Pension? Es wäre ihr nicht im Traum eigefallen, dass es sich um ein Bordell handelte. Und wusste Luisina überhaupt, was ein Bordell war?

«Ach ja? Und was tust du da?», fragte sie. Offenbar hatte sie wirklich keine Ahnung.

«Dort ist samstags ein sehr guter Arzt, der mich vielleicht vom Stottern heilt», schrieb Minicuzzo.

Als Luisina an einem Freitag in der Sakristei ihr tägliches Gespräch mit dem Pfarrer hatte, erzählte sie ihm, dass ihr Mann jetzt regelmäßig zum Arzt gehe.

«Das ist ja großartig. Wer behandelt ihn denn?»

«Ein Arzt, der in der Pension Eva wohnt.»

«Wo wohnt er?!»

«In der Pension Eva, hat Minicuzzo gesagt.»

Der Pfarrer war entsetzt. Er schrie und beschimpfte Minicuzzo als würdelos.

«Aber wieso denn?»

Da erklärte ihr der Pfarrer, was die Pension Eva war, was sich dort für Weibsbilder herumtrieben und was die Männer dort machten. Luisina tat erst mal überhaupt nichts; sie weinte nicht, sie schrie nicht. Sie ging nach Hause, bereitete das Essen wie gewöhnlich zu und ging dann schlafen. Als Minicuzzo am Abend darauf gegen halb neun das Haus verlassen wollte, vergewisserte sich Luisina:

«Gehst du zur Pension?»

«Ja.»

Am nächsten Morgen fragte sie das Dienstmädchen, wo die Pension sich befand. Sie zog sich an und steckte sich ein zwei Kilo schweres Gewicht von der Schnellwaage in die Handtasche. Ohne Eile verließ sie das Haus und ging zur Pension. Resolut trat sie ein. Schon im Vestibül traf sie auf ihren Mann, der gerade mit zufriedenem Gesicht aus dem Salon kam. Kaum hatte Minicuzzo sie erblickt, versteinerte seine Miene. Mit unbewegtem Gesichtsausdruck hob Luisina ihre Handtasche, ließ sie kurz in der Luft kreisen und schleuderte sie Minicuzzo gegen den Kopf. Dann machte sie, ohne ein Wort zu sagen, auf dem Absatz kehrt und verließ die Pension. Minicuzzo hielt sich den Kopf, aus dem das Blut herausschoss, wankte in den Salon zurück und schrie:

«Den Kopf hat sie mir zertrümmert! Hilfe! So helft

mir doch, um Himmels willen! Meine Frau hat mir den Kopf zertrümmert!»

Danach verstummte er plötzlich. Er erstarrte: Er hatte kein einziges Mal gestottert! Die erfundenen Arztbesuche hatten die gewünschte Heilung gebracht, wenngleich auf andere Weise als erwartet. Und von diesem Tag an stotterte Minicuzzo Piolo nicht mehr.

Kurz darauf gab es dann noch die berühmte Geschichte vom Engel der Pension Eva. Unter den Mädchen, die in den letzten vierzehn Tagen des Jahres 1942 in der Pension eintrafen, war auch eine dreißigjährige Trientinerin, die Marianna Zunic hieß. Alle nannten sie Ambra.

Sie kam mit zwei Koffern an, einem großen und einem kleinen. Kaum hatte sie ihr Schlafzimmer betreten, öffnete sie den kleinen und zog eine große Anzahl von Heiligenbildern hervor, vom heiligen Ludwig Gonzaga über den heiligen Ignatius von Loyola bis hin zum heiligen Alfons von Liguori, außerdem die heilige Therese vom Jesuskindlein, die heilige Genoveva, den heiligen Rochus und die heilige Martha – allesamt eingerahmt. Sie befestigte die Bildchen an der Wand und stellte eine Kerze davor. Dann holte sie ein Kruzifix von beträchtlicher Größe aus dem Koffer, das sie auf ihr Nachtschränkchen stellte, des Weiteren zehn Rosenkränze und zwei Fläschchen mit Weihwasser. Als Signora Flora ihr Zimmer sah, erkundigte sie sich besorgt bei den anderen Mädchen, ob Ambra ihre übersteigerte Religiosität auch vor den Kunden zeige.

«Aber woher, Signora! An ihrer Arbeit ist nichts auszusetzen.»

Es war also ihre Sache, wenn sie vor dem Schlafengehen neben dem Bett niederkniete und alle Perlen des Rosenkranzes betete. Auch ging es niemanden etwas an, wenn sie morgens, kaum dass sie aufgewacht war, ein mindestens halbstündiges Gebet sprach und den Teil ihres Körpers, der sündig geworden war, mit dem Weihwasser aus den Fläschchen reinigte. Hätte jemand nachts ihr Zimmer betreten, wäre er wohl überrascht gewesen beim Anblick all der entzündeten Lichtlein. Es sah aus wie auf einem Friedhof.

Am vierten Tag nach Ambras Ankunft war ein deutsches U-Boot im Hafen eingelaufen, nachdem es acht Monate lang unterwegs gewesen war. Nach dem Mittagessen hatte die gesamte Mannschaft Ausgang und wurde in der Pension vorstellig. Die Herren Offiziere allerdings blieben an Bord, um unter Beweis zu stellen, dass für sie nur eine einzige Sache zählte: der Sieg des Führers und des Dritten Reiches. Doch bei dem Gedanken, dass nur wenige hundert Meter entfernt Frauen jedem Mann zur Verfügung standen, der sie haben wollte, konnte der Oberleutnant Ernst Grisar schließlich nicht an sich halten und bat den Kommandanten um Erlaubnis, drei Stunden an Land gehen zu dürfen. Dieser sah ihn verächtlich an und sagte:

«Einverstanden. Aber gehen Sie nicht in Uniform und geben Sie sich nicht zu erkennen.»

Der Oberleutnant zog sich eine Hose und einen Pullover an und darüber eine Jacke. Er schlug den Kragen hoch, um sein Gesicht zu verbergen, und setzte eine Art Kalpak auf, dessen Krempe er herunterzog. In dem Aufzug hätte er sich ins polare Eis wagen können. Kaum war er an Land, begegnete ihm einer seiner Kameraden, der auf dem Rückweg von der Pension war, und er fragte ihn nach dem Weg. Die Pension war nur wenige Schritte entfernt. Der Oberleutnant konnte sich nicht zurückhalten und fing bald an zu laufen. In der Pension schnappte er sich das erstbeste Mädchen, das in Reichweite war. Ambra.

«Komm schon!»

Sie hatten gerade das Zimmer betreten, da hatte er schon Schuhe, Hose und Unterhose abgestreift. Das Mädchen legte den Morgenmantel ab.

«Los! Schnell!», sagte der Oberleutnant und gab ihr zu verstehen, sie solle sich auf der Stelle Büstenhalter und Höschen ausziehen.

Ambra gehorchte, indessen entledigte sich der Deutsche seiner Jacke und seines Pullovers.

«Kondom?», fragte Ambra auf Deutsch. Ein paar Wörter konnte sie – solche, die mit ihrem Beruf zu tun hatten.

«Ja.»

Hastig nahm der Deutsche seinen Kalpak ab. Ambra nahm ein Tütchen aus ihrem Nachtkasten, riss es auf, und als sie sich wieder zu dem Mann umdrehte … Ernst Grisar hatte erst vor kurzem die dreißig überschritten, er war groß, hatte eine beträchtliche Narbe über den Rippen – eine Kriegsverletzung – und trug sein fuchsblondes Haar so lang, dass es ihm auf die Schulter fiel.

Ein stattlicher Bart, ebenfalls fuchsblond, umrahmte sein Gesicht. Ambra wurde totenbleich: Sie war überzeugt, dass der gekreuzigte Jesus, der sonst auf ihrem Nachtschränkchen stand, hier und jetzt zu Fleisch geworden war. Er war vom Himmel herabgestiegen und stattete ihr einen Besuch ab, daran bestand kein Zweifel. Sie stieß einen Schrei aus, der bis hinunter in den Salon drang und alle zusammenfahren ließ. Sie kniete vor dem Deutschen nieder und fing an, ihm die Füße zu küssen.

Der Oberleutnant war nicht wenig überrascht, packte sie bei den Haaren und versuchte, sie zum Aufstehen zu bewegen. Er hatte nicht befohlen, dass man ihm die Füße küsste. Als Ambra sich nicht davon abbringen ließ, fing er an zu brüllen wie ein Verrückter. Von unten stürzten Signora Flora, drei andere Gäste und zwei der Mädchen herauf. Als sie die Tür öffneten, war Ambra bereits in Ekstase. Ihr Körper war steif wie ein Brett, ihre Lippen geöffnet, sodass sie die Zähne entblößten. Die Augen waren nach hinten gerollt, man sah nur noch das Weiße. Der Oberleutnant fluchte auf Deutsch, nahm seine Kleider, packte eines der beiden Mädchen am Arm, zog sich mit ihr in ein freies Zimmer zurück, verschloss die Tür und kam nach zwei Stunden erst wieder heraus.

Abends bei Tisch diskutierten Signora Flora und die Mädchen über das, was geschehen war. Signora Flora sprach das Gebet für Ambra, denn das Mädchen hatte nicht hinunter zum Essen kommen wollen. Sie zog es vor, auf ihrem Zimmer zu bleiben und zu beten.

«Es ist nun mal so», sagte Signora Flora, «dass Ambra diese Neigung hat. Und als sie dann den Deutschen vor sich hatte, der schön war wie eine Skulptur ...»

Zwei Tage lang war es ruhig. Dann kam die verhängnisvolle Nacht, in der erstmals amerikanische Liberators über die Stadt hinwegzogen.

Sie kamen im Tiefflug vom Meer herüber, und allein der Krach brachte die Häuser zum Einsturz. Niemals zuvor hatte es einen solchen Höllenlärm gegeben. Sofort feuerten die Geschütze der Flugabwehr und der Schiffe im Hafen zurück. Vier oder fünf deutsche Flieger beschossen die amerikanische Formation. Die Mädchen und Signora Flora flüchteten in die Luftschutzräume.

Alle, außer Ambra. Sie blieb in ihrem Zimmer und betete laut, während in der Pension die Wände wackelten. Nach einer Weile kam Ambra der Gedanke, dass der Herr ihre Gebete besser hören würde, wenn sie von der Terrasse aus zu ihm hinaufschrie. Sie stieg die Treppe hoch, öffnete die kleine Tür zur Terrasse und fand sich inmitten der Wassertanks wieder. Der Mond schien zwar nicht, aber Hunderte Sterne funkelten am Himmel, und Sternschnuppen mit Kometenschweifen waren zu sehen. In Wirklichkeit aber waren die Sterne nur explodierende Granaten, Geschosse und Leuchtraketen. Ambra kniete nieder und blickte zum Himmel. Plötzlich schien einen Augenblick lang alles zu leuchten, dann war es wieder dunkel. Und in diesem Augenblick sah sie ihn. Genauer gesagt, sie sah ihn vorbeiziehen: den Engel. Still und langsam schwebte er zur Erde herab, mit großen, schwingenden Flügeln. Der Liberator des amerikanischen Funkers Angelo Colamonaci, Enkel italienischer Auswanderer, der kein Wort Italienisch verstand, war getroffen worden. Die Uniform des Piloten hatte Feuer gefangen. Es war ihm gelungen, sie abzustreifen, sich aus dem Flugzeug zu stürzen und den Fallschirm zu öffnen. Und jetzt segelte er langsam hinab, kein Lüftchen wehte, und er hoffte, dass man ihn nicht sehen und zur Zielscheibe machen würde.

Ambra riss die Augen weit auf. Zitternd wartete sie, die göttliche Erscheinung ein weiteres Mal zu schauen. Und tatsächlich, da war er wieder, der nackte Engel, im Lichtkegel eines Scheinwerfers. Kurz darauf hörte Ambra ein Rauschen, und der Engel landete auf der Terrasse, machte einen Purzelbaum, stand auf, befreite sich eilig von den großen Flügeln und rollte sie auf. Da hielt er inne: Er hatte die kniende Gestalt bemerkt, die sich jetzt erhob und auf ihn zukam. Eine Frau.

«Du bist ein Engel, *un angelo*, richtig?», fragte sie.

«Yes», sagte Angelo, der unter Schock stand und sich deshalb gar nicht darüber wunderte, dass die Frau seinen Namen kannte.

Da nahm die Frau seine Hand und bedeckte sie mit Küssen. Als Angelo in der Dunkelheit ihr Gesicht berührte, merkte er, dass es nass war von Tränen.

Er bedeutete ihr aufzustehen und sah sich nach einem Versteck für seinen Fallschirm um.

Er möchte seine Flügel verstecken, weil er sich nicht als Engel zu erkennen geben will, dachte Ambra, glücklich, dass sie ein Geheimnis mit ihm teilen durfte. Sie zeigte auf einen der Wassertanks, der leer stand, seit er von einem Bombensplitter getroffen worden war. Angelo fand, dass der Wassertank auch ihm selbst als Versteck dienen könne. Alles war jetzt still, die Flugzeuge waren abgezogen, und die Flugabwehr hatte das Feuer eingestellt. Plötzlich hörte Ambra Signora Flora rufen:

«Ambra, bist du auf der Terrasse?»

«Moment, ich komme», sagte Ambra.

Sicher wollte der Engel nicht gesehen werden, denn sobald er Signora Flora gehört hatte, kletterte er in den Wassertank. Ambra half ihm und ging dann schnell hinunter zu Signora Flora.

Am nächsten Tag kam Ambra bei Tisch plötzlich ein Gedanke. Aßen Engel eigentlich? Es gelang ihr, Brot und ein bisschen Käse im Ärmel zu verstecken, ohne dass jemand etwas davon merkte, und als die Nacht gekommen war, stieg sie hinauf auf die Terrasse.

«Angelo!», flüsterte Ambra.

Angelo blickte müde unter dem Fallschirmstoff hervor. Er lag noch immer zusammengekauert in dem geborstenen Wassertank und lächelte, als er sie sah. Im Handumdrehen hatte er das Brot und den Käse hinuntergeschlungen. Dieser Engel hat schon lange nichts mehr gegessen, dachte Ambra. Und er hatte nicht nur Hunger, er zitterte auch vor Kälte, nackt wie er war. Sieh nur, wie eigentümlich! Engel sehen aus wie Menschen! Ambra wollte dem armen Engel helfen, aber wo bekäme sie jetzt Männerkleider her? Sie bedeutete dem Engel, er solle warten, stieg die Treppe hinab und klopfte leise an Signora Floras Tür.

«Signora, ich bin's, Ambra.»

«Komm rein. Was gibt's?» Signora Flora schaltete das Licht an.

Als sie Ambra sah, erschrak sie, denn das Mädchen hatte einen irren Blick, und ihr Mund war zu einem seltsamen Lächeln verzogen.

«Signora, ein Engel ist mir erschienen, oben auf der Terrasse. Da ist er noch immer.»

Gute Nacht! Jetzt hatte sie endgültig den Verstand verloren. Da hieß es Ruhe bewahren. «Gut. Wenn er morgen noch da ist, dann ...»

«Nein, Signora, er stirbt vor Kälte, wir müssen uns beeilen!»

Ein Engel, der vor Kälte stirbt? Signora Flora kam das alles höchst merkwürdig vor.

«Gehen wir.»

Und das war Angelos Rettung. Als Signora Flora ihn sah und seinen Fallschirm, ging sie ins Haus zurück und kam mit zwei Wolldecken und einem Kissen wieder. Sie brachte ihm ein großes Stück Brot, zwei rohe Eier, ein Stück Käse, Oliven, eine Flasche Wasser und eine Flasche Wein. Er könne beruhigt sein, gab sie ihm zu verstehen, sie werde sich um ihn kümmern. Da fing Ambra an zu schreien:

«Das ist mein Engel!»

Geduldig versicherte ihr Signora Flora, dass niemand den Engel anrühre, dass er nur ihr gehöre und dass sie ihn jede Nacht besuchen dürfe.

Doch Signora Flora wusste, was zu tun war. Ein paar Tage später bestellte sie zwei Maurer, die sie nach oben auf die Terrasse schickte, wo sie den beschädigten Wassertank reparieren sollten. Als die beiden Maurer mit ihrer Arbeit fertig waren und die Treppe wieder hinunterstiegen, waren sie plötzlich zu dritt. Ambra – die in den letzten Tagen festgestellt hatte, dass Engel liebten wie Männer, nur besser, wie Engel eben – trat in dieser Nacht auf die Terrasse hinaus und sah, dass der Tank wieder mit Wasser gefüllt und ihr Engel verschwunden war. Sie rief nach Angelo, sah nach, ob er sich vielleicht in einem der anderen Wassertanks versteckte, aber von dem Engel keine Spur. Tränenüberströmt weckte sie Signora Flora.

«Er ist verschwunden! Was habe ich nur falsch gemacht?»

«Nichts, Ambra. Er ist fortgegangen, als du gearbeitet hast, und er hat mich gebeten, dir auszurichten, dass er dich lieb hat und gerne länger geblieben wäre, aber man hat ihn ins Paradies zurückberufen. Es scheint, dass sie im Moment wirklich alle Hände voll zu tun haben. Er dankt dir für alles und möchte dir dies zum Andenken schenken.»

Sie zog unter ihrem Bett eine lange weiße Vogelfeder hervor. Sie stammte von einem seltenen Vogel, der in Afrika lebte, und viele, viele Jahre zuvor hatte der einzige Mann, den sie im Leben je geliebt hatte, sie ihr einmal geschenkt. Sie hatte die Feder für immer behalten wollen, doch jetzt reichte Signora Flora sie dem Mädchen ohne Wehmut.

Fünftes Kapitel

Eine Zeit in der Hölle

Einst, wenn ich mich recht erinnere, war mein Leben ein Fest,
wo sich alle Herzen öffneten, wo alle Weine flossen.
Eines Abends hab ich mir die Schönheit aufs Knie gesetzt.
Und ich hab sie bitter gefunden.

ARTHUR RIMBAUD, Eine Zeit in der Hölle

In den ersten Märztagen des Jahres 1943 versetzten andauernde Fliegerangriffe die Stadt Tag und Nacht in Schrecken. Zwischen den Bombenangriffen lag höchstens eine halbe Stunde, in der die Bewohner Zeit hatten, das Wichtigste zu organisieren. Die Amerikaner kämpften auf der Seite der Engländer. Ziellos warfen die Kampfflugzeuge ihre Bomben ab, es blieb dem Zufall überlassen, wohin sie fielen. Die englischen Flugzeuge hatten nur strategisch wichtige Ziele bombardiert: den Hafen, Schiffe, das Elektrizitätswerk, den Bahnhof. Die Bomben der Amerikaner dagegen zerstörten die halbe Stadt, töteten zahllose Unschuldige und jagten den Menschen so große Angst ein, dass sie schließlich ihre Betten und Betttücher mit in die Luftschutzkeller nahmen und gar nicht mehr in ihre Häuser zurückkehrten. Nur wer wirklich musste, verließ den Keller. Man kam auch gar nicht mehr von einem Ort zum anderen, Busse und Züge waren ständig unter Beschuss. Und vom Festland kamen weder Post noch Zeitungen, Medikamente oder sonstige notwendige Dinge, denn die Schiffe konnten die Meerenge von Messina nicht passieren; die feindlichen Flugzeuge waren so zahlreich wie Vögel am Himmel. Es entging ihnen nicht ein einziges Boot.

Diese Situation hatte auch Folgen für die Pension Eva. Nicht dass jetzt weniger Kunden kamen, im Gegenteil, es waren sogar mehr geworden. Der Unterschied bestand darin, dass die langen Unterhaltungen mit den Mädchen im Salon wegfielen; die Männer kamen, befriedigten in höchster Eile ihre Bedürfnisse, zahlten und gingen wieder. Auch Signora Flora hörte man nicht mehr rufen:

«Kinder, in die Zimmer!»

Die Männer kamen nicht, weil das körperliche Verlangen dringlich gewesen wäre, es war vielmehr der Wunsch, sich noch lebendig zu fühlen, der sie in die Pension führte. Signora Flora hatte dafür eine einfache Erklärung:

«Wisst ihr, mit der Angst vor dem Tod wächst die Lust am Vögeln», sagte sie zu Ciccio und Nenè.

Der Krieg brachte es mit sich, dass ab März die Mädchen in der Pension blieben und nicht, wie sonst üblich, nach zwei Wochen wieder abreisten. In den ersten beiden Monaten des Jahres hatten acht Mädchen auf der Reise ihr Leben gelassen, drei in Messina und fünf in Palermo. Die Betreiber der Bordelle konnten es sich in solch schwierigen Zeiten nicht leisten, ihre Ware zu verlieren.

Und so kam es, dass die nomadisierenden Mädchen, die am zehnten März in der Pension Eva ihren Dienst antraten, sesshaft wurden. Sie hießen:

Angela Panicucci, genannt Vivì

Romilda Casagrande, genannt Siria
Francesca Rossi, genannt Carmen
Giovanna Spalletti, genannt Aida
Michela Fanelli, genannt Lulla
Imelda Vattoz, genannt Liuba.

Obwohl es gefährlich war, kam Nenè jeden Sonntagmorgen (samstags übernachtete er bei seiner Giovanna) von Montelusa nach Vigàta, um den Tag bei seinen Eltern zu verbringen. Montag früh fuhr er dann mit dem Bus zur Schule und abends wieder zurück, um mit Ciccio, Jacolino und den Mädchen in der Pension Eva zu Abend zu essen. Auch die drei Jungen hatten sich in der letzten Zeit verändert. Jacolino beispielsweise ging jetzt regelmäßig in die Kirche. Von einem Tag auf den anderen war er gläubig geworden. Er, der früher ohne Punkt und Komma geredet hatte, war jetzt ganz still. Sonntags versäumte er nie die erste Messe, er beichtete und ging zur Kommunion.

«Jacolino, was ist los mit dir?»

«Ach, lass mich in Ruhe.»

«Aber wenn du nun praktizierender Christ geworden bist, dürftest du eigentlich nicht mehr in die Pension Eva gehen.»

«Ich geh doch nur zum Lernen hin!»

«Stimmt ja gar nicht. Jeden Montag sitzt du gemütlich mit den Mädchen beim Essen.»

«Was ist denn dabei, zusammen zu essen?»

Und bei Nenè verhielt es sich so: Wenn er abends zu Giovanna zum Essen kam, ging er sofort mit ihr ins

Schlafzimmer, kaum dass er die Wohnung betreten hatte. Er war wie gehetzt, als wäre jemand hinter ihm her, in nur zehn Minuten brachten sie alles hinter sich. Und nachdem sie schließlich zu Abend gegessen hatten, drängte er sie wieder ins Schlafzimmer.

Oft machten sie dann noch ein letztes Mal Liebe, kurz bevor er ging, im Stehen und schon im Mantel.

Ciccio dagegen hatte seine Leidenschaft für das Wetten entdeckt, und zwar für sehr sonderbare Wetten.

«Wetten, dass ich eine Seebarbe von einem Pfund bei lebendigem Leib verputze? Aber ohne Gräten!»

Er verputzte die Seebarbe.

«Wetten, dass ich bei mir zu Hause acht Treppenstufen auf den Händen hochgehen kann?»

Die Wette verlor er, auf der siebten Stufe versagten seine Kräfte.

Und dann kam er mit einer ganz unglaublichen Wette an.

«Wetten, dass ich meine Notdurft an einem Sonntag auf dem Rathausplatz verrichte?»

«Die ganze Notdurft?»

«Die ganze.»

«Vormittags?»

«Vormittags.»

Nenè und Jacolino nahmen die Wette an. Und wie auf Bestellung ging am folgenden Sonntag, als die drei Freunde im Café Castiglione gegenüber dem Rathaus eine Granolata tranken, ein Bombenhagel auf die Stadt nieder.

«Lasst uns schnell in den Luftschutzraum, das ist gefährlich», rief Jacolino.

«Halt», sagte Ciccio.

Die Erde begann schon zu beben, grauer Qualm drang aus der Straße hinter dem Café; ein paar Häuser mussten getroffen worden sein. Auf der Straße war keine Menschenseele mehr zu sehen. Eine weitere Bombe legte zwanzig Meter entfernt einen Palazzo in Schutt und Asche. Überall war Rauch, sie mussten husten und meinten zu ersticken.

«Weg hier, sonst hat unser letztes Stündlein geschlagen!», rief Jacolino aufgebracht.

Da ging Ciccio ruhigen Schrittes über den Platz zu den Kolonnaden des Rathauses, blieb dort stehen, zog sich die Hose runter, hockte sich hin und gewann inmitten des Infernos, während Splitter, Steine, Ziegelwerk, Mörtel, Stuhl- und Tischbeine durch die Luft flogen, seine Wette.

«Ich widme meine Scheiße dem Krieg!», rief er jedem und keinem zu, als er wieder aufstand. Und es klang keineswegs wie eine Provokation, sondern wütend und verzweifelt.

Es wurde immer schwieriger, etwas zu essen zu finden. Die Fischer fuhren nicht mehr so häufig aufs Meer hinaus, sie hatten Angst vor den Minen und Bomben. Das Brot, das man gegen Marken bekam, war grünlich und verschimmelt. Wenn man eine Krume zu einer Kugel formte und gegen eine Mauer warf, blieb sie dort haften, als hätte man sie angeklebt. Olivenöl war nirgends mehr zu bekommen, von Fleisch ganz zu schweigen. In der Pension Eva gab es manchmal Oliven, Sardellen und Käse, dazu zwei große geröstete Scheiben Brot, das Jacolino wie durch ein Wunder aufgetrieben hatte. Woran es aber nie fehlte, war Wein. Die Verbindungen, die manche Kunden nun zu den Mädchen der Pension unterhielten, glichen fast ein bisschen einer Ehe. Die Stammkunden wählten gerne bei jedem Besuch dasselbe Mädchen aus. So zum Beispiel Michele Testagrossa, ein etwa fünfzigjähriger Tischler. Er kam dienstags und samstags und ging für dreißig Minuten mit Carmen aufs Zimmer. Nicola Parrinello ging mittwochs und freitags mit Liuba aufs Zimmer. Doch Liuba hatte auch ein sehr enges Verhältnis zu Don Stefano Milocca, der mit seinem Köfferchen aus Montelusa anreiste. Er hatte mit Signora Flora einen Preis ausgehandelt, schloss sich mit dem Mädchen im Zimmer ein und kam erst zur Sperrstunde wieder heraus.

«Jetzt erklär mir doch bitte mal eins, Liuba. Dieser Don Stefano ist bereits über sechzig. Du willst mir doch nicht sagen, dass er die ganze Zeit mit dir ...»

Nenès Frage brachte Liuba zum Lachen.

«Aber wo denkst du hin? Das würde ihm im Traum nicht einfallen.»

«Nicht? Und was tut er dann?»

«Also: Sobald wir uns nackt ausgezogen haben, öffnet er sein Köfferchen und holt ein Nonnen- und ein Priestergewand heraus. Dann verkleiden wir uns, und er beichtet.»

«Was heißt das, er beichtet? *Er* nimmt *dir* die Beichte ab!»

«Aber woher denn? Er verkleidet sich als Nonne, und *ich* nehme *ihm* die Beichte ab. Wenn du wüsstest, was er für eine Phantasie hat! Er redet stundenlang, erzählt mir, dass der Teufel ihm gelegentlich einen Besuch abstattet, ihm ihn immer wieder hinten reinsteckt und dann unglaubliche Dinge von ihm verlangt. Oder dass die Mutter Äbtissin es bei ihm versucht hat und er ihr den Wunsch nicht abschlagen wollte; solche Sachen eben. Wenn er dann ins Detail geht, verschlägt es mir manchmal die Sprache.»

Baron Giannetto Nicotra di Monserrato war um die vierzig. Geld hatte er mehr als genug, außerdem besaß er Ländereien und Häuser in Palermo und Vigàta, die seine Frau Agatina als Mitgift mit in die Ehe gebracht hatte. Sie war erschreckend hässlich und die Tochter eines steinreichen Kaufmanns, der ihr unbedingt einen Adelstitel hatte kaufen wollen. Der Baron hatte eingewilligt, weil er ein Frauenheld war und daher immer viel Geld brauchte. In den Krieg war er nicht gezogen: Im Alter von fünfzehn Jahren hatte er einen Reitunfall gehabt und humpelte seitdem. Er war nach Vigàta gekommen, um sich um den Verkauf eines Grundstücks zu kümmern. Am dritten Tag seines Aufenthaltes in der Stadt ging er in die Pension Eva und wurde in einem der beiden Privatsalons empfangen. Dort lernte er Siria kennen. Am nächsten Abend kam er wieder, und von da an besuchte er Siria jeden Abend. Er fuhr in seinem

Sportwagen vor, einem der wenigen Autos, die man noch auf der Straße sah, aber dem Baron fehlte es nie an Benzin. Bei seinen ersten Besuchen zahlte er jeweils eine halbe Stunde, danach handelte er mit Signora Flora einen Preis aus.

Siria, die bis dahin ein fröhliches, unbefangenes Mädchen gewesen war, wurde mit einem Mal still und wie geistesabwesend, als hinge sie ihren Gedanken nach.

«Sag mal, Siria, hast du dich vielleicht in den Baron verliebt?»

«Können wir bitte von etwas anderem reden, Nenè?»

«Und ist er auch in dich verliebt?»

«Ich sagte, ich möchte nicht darüber reden!»

In der Nacht vom dritten auf den vierten Juni traf eine Bombe das Landhaus des Barons. Die Bombe musste ziemlich groß gewesen sein, denn von dem Gebäude blieben nur ein Berg aus Staub und ein paar Holzsplitter übrig, die von den Möbeln stammten. Als die Hilfsmannschaft in den Trümmern nach Überlebenden suchte, fanden sie eine Hand, an deren Finger der Ring mit dem Familienwappen des Barons steckte. Sie fanden auch einen Fuß und etwas, das einmal der Kopf eines Menschen gewesen sein musste. Das war alles, was vom Baron Giannetto Nicotra di Monserrato übrig geblieben war. Sein Sportwagen war verschwunden. Vielleicht hatte ihn jemand entwendet, bevor die Hilfsmannschaft eingetroffen war. Als der Schwager des Barons von dem Bombenangriff hörte, eilte er nach Vigàta, sammelte die Überreste ein und brachte sie zur Beisetzung nach Palermo.

Siria wurde ohnmächtig, als sie vom Tod des Barons hörte, und dann so aufgebracht, dass der Arzt kommen und ihr eine Beruhigungsspritze geben musste. Daraufhin gab ihr Signora Flora zwei Tage frei, Samstag und Sonntag. An beiden Tagen schloss sie sich in ihr Zimmer ein und weinte. Am Montagmorgen wirkte sie schon etwas ruhiger. Nach der ärztlichen Untersuchung bat sie Signora Flora, an den Ort gehen zu dürfen, wo der Baron gestorben war, versprach aber, rechtzeitig wieder zurück zu sein, um gemeinsam mit den anderen Mädchen zu essen. Signora Flora riet ihr von der Idee ab, aber Siria war nicht davon abzubringen. Als sie zum Abendessen noch nicht zurück war, begann Signora Flora, sich Sorgen zu machen, und bat Jacolino nachzuschauen, ob Siria noch immer vor den Trümmern von Giannetto Nicotras Haus weinte. Jacolino machte sich auf den Weg. Als er bei dem zerstörten Haus ankam, konnte er Siria nirgendwo entdecken. Signora Flora wartete bis sieben Uhr abends, dann entschloss sie sich, bei den Carabinieri eine Vermisstenanzeige aufzugeben.

Das Abendessen mit Ciccio, Nenè und Jacolino glich einer Beerdigungsfeier. Niemand war nach Lachen zumute, alle dachten an Siria.

«Hoffentlich hat sie keine Dummheiten gemacht», sagte Carmen und sprach damit aus, was die anderen dachten, aber nicht zu sagen wagten.

Siria blieb verschwunden. Man fand sie weder tot noch lebendig. Ihre paar Habseligkeiten hatte sie in ihrem Zimmer zurückgelassen und nur mitgenommen, was sie immer bei sich trug: ein paar Lire, ihren Pass, zwei Fotos, eins ihres Vaters, eins ihrer Mutter, und ein Taschentuch. Signora Flora setzte Sirias Familie in Kenntnis, doch sie erhielt keine Antwort. Vielleicht kam der Brief auch nie an.

Eine weitere Liebesgeschichte nahm ihren Anfang in der Pension Eva, die nämlich von Giugiù Firruzza und Lulla. Giugiù war ein anständiger, fleißiger Mann und stammte aus einer guten Familie. Er besuchte die medizinische Fakultät in Palermo im dritten Jahr. Sein Vater, Don Antonio, der über die entsprechenden Beziehungen verfügte, hatte dafür gesorgt, dass Giugiù nicht zum Militärdienst eingezogen wurde: Ein befreundeter Arzt stellte bei Giugiù einen schweren Herzfehler fest. In Wirklichkeit war Giugiùs Herz, wenigstens bis er Lulla kennenlernte, kerngesund. Man hatte ihn mit einer entfernten Cousine verlobt, einem pummeligen Mädchen, das eine Brille trug und jeden Tag zur Kirche ging. Und er, der brave Sohn, hatte dem Willen seiner Eltern gehorcht. Zwei Jahre nach der Verlobung hatte Ninetta ihm erlaubt, sie zu küssen, aber nicht auf den Mund. Und danach war sie sofort in die Kirche gelaufen, um zu beichten. Es war das erste und letzte Mal, dass sein Mund das Mädchen berührte. Daher war es sozusagen der Wille der Natur, als Giugiù Firruzza, der sich so lange zurückgehalten hatte, an einem Abend Mitte April beschloss, der Pension Eva einen Besuch abzustatten. Und so begegnete er Lulla. Dabei hatte er sie nicht ausgesucht, weil sie ihm am besten von allen gefiel, sondern allein deshalb, weil alle anderen bereits mit Kunden beschäftigt waren. Er wollte die Sache schnell hinter sich bringen, denn für sein Bedürfnis war ein Mädchen so gut wie das andere. Sobald er Lullas Zimmer betreten hatte, stieg Giugiù dieser durchdringende, betörende Duft nach Minze, Zimt und Gewürznelken in die Nase. Es war ihm, als weiteten sich seine Lungen und als könnte er das Parfum förmlich auf der Haut spüren. Als er und das Mädchen sich geliebt hatten, wurde ihm klar, dass es äußerst schwer sein würde, diesen Duft wieder loszuwerden, der nun an ihm war, und zwar überall, an seinen Händen, seiner Brust und vor allem unterhalb des Bauchnabels.

«Wo kaufst du dieses Parfum?»

«Ich kaufe es nicht, ich stelle es selbst her.»

«Und woraus besteht es?»

«Aus getrockneten Kräutern. Vor zwei Jahren hat sie mir jemand gegeben, der mir auch beibrachte, wie man daraus Parfum gewinnt. Gott sei Dank hat mir ein Kunde letzten Monat eine Flasche Alkohol geschenkt. Er war mir ausgegangen, und in diesen Zeiten ist es doch so ungeheuer schwierig, welchen zu finden. Gehen wir hinunter?»

«Nein.»

Wieso hatte er *nein* gesagt? Er war doch bei der Familie seiner Verlobten zum Abendessen eingeladen! Sicher würde er zu spät kommen, wenn er sich nicht sofort auf den Weg machte.

Und er kam zu spät, auch weil er vorher bei sich zu Hause vorbeigehen und sich in die Wanne legen musste, um Lullas Duft abzuwaschen. Bevor er das Haus seiner

Verlobten betrat, hob er seine Hand an die Nase. Immer noch nahm er deutlich das Parfum des Mädchens wahr.

Am nächsten Tag kehrte er zu Lulla zurück, und auch am folgenden Tag. Nach einer Woche gestand sie Giugiù, dass es ihr schwerfiel, mit anderen Männern zu verkehren, weil sie immer an ihn denken müsse. Und so fand Giugiù sich nun in der Pension ein, sobald diese öffnete, und war immer Lullas erster Kunde.

Wenn Lulla mit Giugiù zusammen gewesen war, fiel ihr die Arbeit danach leichter. Giugiù blieb nach seiner halben Stunde mit Lulla noch eine Weile im Salon sitzen. Ging ein Kunde mit ihr nach oben, sahen sich die beiden Verliebten in die Augen. Und obwohl Giugiù Lulla einen ermutigenden Blick zuwarf, ging sie die Treppe hinauf, als bestiege sie den Kalvarienberg.

Eines Abends kamen drei Fremde in die Pension, und man sah gleich, dass sie betrunken waren und in der Stimmung, sich zu prügeln. Einem Mädchen sagten sie, es habe krumme Beine; einem anderen riefen sie zu, dass es schiele, als hätte es ein Auge bei Christus und das andere beim heiligen Johannes. Der Kräftigste von den dreien winkte Lulla zu sich, steckte seine Nase zwischen ihre Brüste und brüllte, dass sie stinke wie ein *Cannolo* mit ranzigem Ricotta.

Giugiù schoss vom Sofa hoch und versetzte dem Kerl einen kräftigen Schlag ins Gesicht. Die Nase des Mannes fing sofort an zu bluten. Während er sich fluchend ein Taschentuch vors Gesicht hielt, stürzten sich die beiden anderen auf Giugiù, zu dessen Schutz wiederum drei Kunden herbeieilten. Es endete in einer wüsten

Schlägerei; die Mädchen flohen schreiend in die obere Etage. Cavaliere Lardera stellte sich aufs Sofa, schwenkte seinen Stock in der Luft und rief:

«Hört auf damit! Wir sind hier doch nicht im Puff!»

Signora Flora musste die Carabinieri rufen. Die nahmen Giugiù mit in die Kaserne und ebenso die drei Fremden. Nachdem der Maresciallo Giugiù eine zweistündige Standpauke gehalten hatte, wurde er freigelassen. Die Geschichte allerdings sprach sich schnell in der Stadt herum und kam auch dem Commendatore Gaetano Mongitore zu Ohren, dem Vater von Giugiùs Verlobter. Da er ein Mann mit strengen moralischen Grundsätzen war, ließ er Giugiù in seine Kanzlei rufen und teilte ihm mit, dass die Verlobung unwiderruflich aufgelöst sei und er seine Tochter nie und nimmer einem so verkommenen Manne zur Frau geben werde, einem, der verrufene Häuser besuche und sich sicherlich bereits mit irgendeiner Krankheit angesteckt habe.

«Sie können Ihre Tochter ruhig wiederhaben, ich hätte die Verlobung in den nächsten Tagen ohnehin aufgelöst. Ich bin in eine andere verliebt», entgegnete Giugiù und verließ das Zimmer.

Es fehlte nicht viel, und den Notar hätte der Schlag getroffen. Kaum dass Giugiù gegangen war, ließ er Giugiùs Vater, den Cavaliere Antonio Firruzza, zu sich rufen, der noch höhere moralische Grundsätze als der Commendatore selbst hatte, ein entsetzlicher Langweiler vor dem Herrn.

«Ich weiß, dass das, was ich dir nun sagen werde, schrecklich für dich ist», begann Mongitore. Nun, da seine Wut verflogen war, war er geradezu vergnüglich gestimmt, denn der Cavaliere Firruzza war ihm schon immer unsympathisch gewesen.

Er erzählte ihm ausführlich die ganze Angelegenheit. Der Gehilfe des Notars musste dem Cavaliere ein Glas Wasser bringen, weil der drauf und dran war, ohnmächtig zu werden. Wie war das nur möglich? Sein Sohn Giugiù, ein Engel auf Erden, prügelte sich in einem Bordell? Was war mit dem armen Jungen nur geschehen? Was war in ihn gefahren? Erfüllte sich ein schrecklicher Fluch, den jemand gegen ihn ausgestoßen hatte? Was Mongitore gesagt hatte, ließ ihn hellhörig werden:

«Er hat gesagt, er sei in eine andere verliebt. Nicht auszudenken, dass er wegen so einem Weibsbild den Verstand verloren hat.»

Noch am selben Abend bekam der Cavaliere vierzig Grad Fieber. Als seine Frau ihm die kalten Lappen auf der Stirn wechseln wollte, wehrte er sich mit Händen und Füßen.

«Lass das eine Frauenhand machen», sagte sie sanft.

Da stieß der Cavaliere seine Frau von sich, riss sich die Lappen von der Stirn, richtete sich im Nachthemd auf und brüllte:

«Raus hier! Sofort! Du und deine verfluchten Weiberhände!»

Am nächsten Tag ging es dem Cavaliere besser, und er suchte Don Stefano Jacolino auf, den Besitzer der Pension.

«Don Stefano, wissen Sie, ob mein Sohn sich mit einem der Weibsbilder aus der Pension eingelassen hat?»

«Nein, ich weiß von nichts.»

In Wirklichkeit wusste er alles. Signora Flora hielt ihn schließlich immer auf dem Laufenden. Nachdem ihm der Cavaliere, den Schweiß auf der Stirn, die ganze Geschichte erzählt hatte, sagte Don Stefano nur:

«Ich werde mich erkundigen.»

«Danke. Und dürfte ich Sie um einen Gefallen bitten? Wenn die Sache stimmt, würden Sie dieses Weibsbild bitte entfernen lassen?»

Don Stefanos Augen verengten sich zu Schlitzen.

«Was meinen Sie mit ‹entfernen›?»

«Schicken Sie sie fort.»

«Und wohin? Wir bekommen nicht mehr alle zwei Wochen neue Mädchen. Ich kann sie nicht einfach durch eine andere ersetzen.»

«Wenn Sie sie nicht ersetzen können, müssen Sie sie eben entlassen.»

Don Stefano fing an zu lachen.

«Und wieso sollte ich einen solchen Verlust in Kauf nehmen? Etwa, weil Sie ein so hübsches Gesicht haben? Und wollen Sie mir mal erklären, welchen Grund ich dem Mädchen nennen soll?»

«Sagen Sie ihr, sie sei schuld daran, dass mein Sohn sich in sie verliebt hat!»

«Cavaliere, bitte erlauben Sie mir, Klartext mit Ihnen zu reden. Was kann das Mädchen dafür, dass Ihr Sohn ein Idiot ist?»

Verzweifelt ging der Cavaliere zum Maresciallo bei den Carabinieri.

«Wie kann ich Ihnen helfen, Cavaliere?»

«Ich will dieses Weibsstück anzeigen und ins Gefängnis bringen!»

«Aber das können Sie nicht.»

«Und wieso nicht?»

«Weil diese Frau nichts Unrechtes getan hat.»

«Dann verbieten Sie meinem Sohn, sie zu treffen!»

«Auch das kann ich nicht. Ihr Sohn ist volljährig.»

Da bekam der Cavaliere einen furchtbaren Wutanfall. Sein Gesicht verfärbte sich blau-violett, und seine Hand zitterte, als er mit dem Zeigefinger auf den Maresciallo deutete und brüllte:

«Jetzt habe ich verstanden! Ihr habt euch abgesprochen! Zuhälter und Carabinieri, ihr steckt doch alle unter einer Decke!»

Der Maresciallo, ein tüchtiger, anständiger Mann, der nicht viel auf Worte gab, überhörte die Beleidigung. Es gelang ihm, den Cavaliere zu beruhigen, indem er ihm versprach, mit Giugiù zu reden, inoffiziell selbstverständlich. Als er dem missratenen Sohn ein paar Tage darauf auf der Straße begegnete, winkte er ihn zu sich und zog ihn unauffällig in einen Hauseingang, damit niemand sie sehen konnte.

«Ja, willst du denn deinen Vater tot sehen?», fragte er ihn.

Und Giugiù fing an zu weinen.

«Nein, nein! Aber ich kann es doch nicht ändern, Marescià! Ich bin dagegen machtlos! Ich kann ohne Lulla nicht mehr leben! Sie ist ein gutes Mädchen, Marescià! Sie ist tüchtig und gut!»

Das war durchaus möglich. Wer sagte denn überhaupt, dass Huren alle anstandslose Weiber waren? Der Maresciallo hatte selbst einmal gesehen, wie eine Hure sich ins Meer warf, um einen kleinen Jungen vor dem Ertrinken zu retten, und wie eine andere Geld für irgendeinen armen Teufel sammelte, der kurz davor war, an Hunger zu sterben, und wie …

Da fragte er leise:

«Und sie … liebt sie dich denn?»

«Ja, sehr.»

«Da kann ich dich nur beglückwünschen», sagte der Maresciallo, und damit war das Gespräch beendet.

Als Giugiù das nächste Mal auf der Bank war, teilte der Kassierer ihm mit, dass der Cavaliere seine monatlichen Einzahlungen auf Giugiùs Konto eingestellt und diesen Monat kein Geld überwiesen habe. So kam es, dass Giugiù von einem Tag auf den anderen mittellos war.

Wie soll ich jetzt bloß die Hurenmarke bezahlen?, dachte er als Erstes.

Er bat seinen Freund Tano Gullotta um Hilfe, der ihm fünfhundert Lire lieh. Doch das reichte bei weitem nicht. Denn Giugiù wurde fast rasend vor Eifersucht, wenn er sah, dass andere Kunden sich mehr Zeit mit Lulla leisten konnten, während er mit Tano Gullottas Geld gerade mal in der Lage war, eine Marke pro Tag zu kaufen. Schließlich musste er auch etwas essen, denn sein Vater empfing ihn nicht mehr zu Hause. So saß er Tag für Tag auf dem Sofa des Salons, unrasiert und mit ungekämmtem Haar, und sah Lullas Kunden so böse an, dass sie sich bei Signora Flora beschwerten.

«Da vergeht einem ja die Lust!»

Signora Flora informierte Don Stefano Jacolino, der daraufhin eines Abends in die Pension kam, um Giugiù zu fragen, ob er mit ihm draußen ein Stück gehe.

«Wenn du in die Pension kommen willst, um deine halbe Stunde mit Lulla zu haben, dann ist das in Ordnung. Das steht dir frei. Aber ich verbiete dir von nun an, danach auch nur eine Minute länger im Salon zu bleiben. Geh nach Hause, ins Café oder sonst wohin, aber du bleibst nicht in der Pension. Hast du mich verstanden?»

«Durchaus. Aber was, wenn ich bleiben will?»

«Das ist dein Problem.»

Am nächsten Abend blieb Giugiù bis Feierabend in der Pension. Keiner sagte etwas. Doch als er gegen Mitternacht die Pension verlassen wollte, stellten sich ihm zwei Männer in den Weg, packten ihn und versetzten ihm eine gehörige Tracht Prügel. Giugiù wankte mit kaputten Knochen nach Hause, legte sich sofort ins Bett, und als er nicht einschlafen konnte, lag das nicht an den Schmerzen, sondern weil sich Lullas Duft unter der warmen Bettdecke ausbreitete. Er wollte sterben, so sehr fehlte sie ihm. Am nächsten Tag war er nicht in der Lage aufzustehen und blieb die ganze Zeit im Bett, um nachzudenken. Da kam ihm eine Idee, wie die ganze Sache ein gutes Ende finden würde.

«Was ist denn mit dir passiert?», fragte Don Stefano Jacolino am nächsten Tag grinsend, als er Giugiùs verquollene Augen sah.

«Ich bin die Treppe runtergefallen.»

«Und wie kann ich dir helfen?»

«Ich bin gekommen, um Ihnen einen Vorschlag zu machen.»

«*Du* willst *mir* einen Vorschlag machen? Na gut, ich höre.»

«Gesetzt den Fall, ich käme zu Ihnen und würde sagen, ich will Lulla ganz für mich allein. Wie viel würde das kosten?»

«Ich verstehe nicht ganz.»

«Don Stefano, wie viele Stunden arbeitet ein Mädchen pro Tag in der Pension? Sechs, oder? Von sechs Uhr nachmittags bis Mitternacht. Wenn ich eines der Mädchen nur für mich will, wie teuer kommt mich das?»

«Wieso fragst du mich das? Geh zu Signora Flora. Die Preise sind verhandelbar, wenn der Kunde länger als eine halbe Stunde bleiben will. Sprich mit ihr. Sag ihr, dass du Lulla für einen ganzen Tag willst, und dann sieh, wie viel ...»

«Aber ich will Lulla nicht nur für einen Tag, ich will sie den ganzen Monat.»

Don Stefano war verblüfft.

«Und woher willst du das Geld dafür nehmen? Weißt du, wie viel ein Mädchen wie Lulla jeden Monat einbringt? Du machst dir ja keine Vorstellung!»

«Stimmt, deswegen bin ich zu Ihnen gekommen. Rechnen Sie es durch und sagen Sie mir dann, wie teuer es wird. Denn ob ich Lullas einziger Kunde bin, ist doch nicht wichtig, oder? Hauptsache, Sie bekommen Ihr Geld.»

«Da hast du im Prinzip recht. Aber ich verlange eine Vorauszahlung für den gesamten Monat. Und wenn das Geld nicht stimmt, wird Lulla auf der Stelle wieder andere Kunden empfangen, verstanden? Ich werde dir Bescheid geben, was du zu zahlen hast.»

Ein paar Tage später teilte Signora Flora Giugiù mit:

«Don Stefano sagt, dass ein Monat dich sechstausendvierhundert Lire kostet. Genau genommen würde ein Monat dich sechstausendvierhundertsechzehn Lire kosten, aber Don Stefano gibt dir einen Rabatt, weil du ihm sympathisch bist. Was soll ich ihm ausrichten?»

«Dass er das Geld in spätestens drei Tagen haben wird.»

Das war am vierundzwanzigsten Mai.

Ciccio und Nenè waren zwei Tage lang nicht in der Pension gewesen, weil sie für die Schule lernen mussten. Die Abiturprüfungen würden dieses Jahr ausfallen, und so hing von den während des Schuljahres abgelegten Prüfungen ab, ob sie bestehen oder durchfallen würden.

Schließlich fielen aber auch diese Prüfungen aus, weil die Amerikaner und Engländer die Insel Pantelleria besetzt hatten. Der ferne Kanonendonner drang an manchen Vormittagen bis in den Klassenraum, dann unterbrach die Lehrerin für einen Augenblick den Unterricht. Die Klasse lauschte mucksmäuschenstill dem dumpfen Rollen und fürchtete, die amerikanischen und englischen Soldaten stünden gleich vor der Tür.

Am siebenundzwanzigsten Mai um zehn Uhr vormittags sah man über Vigàta zehn Flugzeuge, die Bomben auf die Stadt warfen.

Don Filippo Tarella, hauptverantwortlicher Kassierer

des *Banco Siculo*, blieb tapfer, wo er war, während der Direktor und die anderen Angestellten in die Luftschutzräume flohen. Nach nicht einmal fünf Minuten flog die Tür auf, und ein Mann mit einem roten Taschentuch vor dem Gesicht hielt Don Filippo einen Revolver vor die Nase.

«Das hat uns gerade noch gefehlt!», sagte Don Filippo nervös. Der Fußboden bebte schon im Bombenhagel. «Was willst du? Der Tresor ist abgeschlossen, und der Direktor hat den Schlüssel mitgenommen.»

«Gib mir alles, was du greifbar hast», sagte der Mann.

Don Filippo dachte einen Augenblick nach.

«Greifbar habe ich sechstausendsiebenhundertfünfzig Lire. Reicht dir das?»

«Ja, das reicht.»

Der Kassierer reichte ihm die Geldscheine.

«Danke», murmelte der Mann in sein Taschentuch.

«Immer zu deinen Diensten», sagte der Kassierer.

Der Mann drehte sich auf dem Absatz um und war wieder verschwunden.

Am selben Nachmittag suchte der Kassierer Don Filippo den Cavaliere Firruzza auf.

«Haben Sie schon gehört, Cavaliere? Heute Vormittag hat es in unserer Bank einen Überfall gegeben. Ein Mann hat mich mit einem Revolver bedroht und alles Geld gefordert, das verfügbar war: sechstausendsiebenhundertfünfzig Lire.»

«Das tut mir leid. Aber warum erzählen Sie mir das?»

«Weil der Mann, der mich ausgeraubt hat, Ihr Sohn Giugiù war.»

«Was sagen Sie da? Wie können Sie nur denken, dass mein Sohn ...»

«Cavaliere, ich lege meine Hand dafür ins Feuer. Ich kenne Ihren Sohn seit seiner Geburt. Ich weiß, wie er geht und wie er redet.»

«Warten Sie einen Augenblick», sagte der Cavaliere, dem plötzlich etwas einfiel. Er stand auf, lief in sein Schlafzimmer und öffnete die Schublade des Kleiderschranks. Der Revolver, den er dort seit Jahren in einem Schuhkarton aufbewahrte, war nicht mehr da. Mit hängenden Schultern kam er zurück in sein Büro und sank auf den Stuhl.

«Wollen Sie ihn anzeigen?», fragte er mit gesenktem Kopf.

«Nein», sagte der Kassierer. «Wenn Sie mich bevollmächtigen, die gleiche Summe von Ihrem Konto abzuheben, sage ich niemandem ein Sterbenswort. Immerhin war ich allein, als der Überfall stattfand. Und ich kann schweigen wie ein Grab.»

«Danke», sagte der Cavaliere.

Der ersten Person, der er begegnete, als er das Haus des Cavaliere verlassen hatte, berichtete Don Filippo ausführlich die Geschichte mit dem Überfall. Am selben Nachmittag übergab Giugiù das Geld Don Stefano, der einen Blick auf den Kalender warf und dann eine schnelle Rechnung aufstellte.

«Du fängst ab heute an?»

«Ja.»

«Dann ist Lulla bis zum Siebenundzwanzigsten dein. Du darfst von sechs bis Mitternacht in der Pension sein, aber schlafen darfst du dort nicht. Und ihr müsst in der Pension bleiben. Auch montags würde ich sie an deiner Stelle nicht mitnehmen, da ist Ruhetag. Je weniger ihr euch in der Öffentlichkeit blicken lasst, umso besser. Und damit das klar ist: Wenn du mir am Siebenundzwanzigsten nicht denselben Betrag noch einmal zahlst, wird Lulla wieder andere Kunden empfangen.»

Anfang Juni wurden die Ergebnisse der Prüfung bekannt gegeben. Nenè, Ciccio und Jacolino hatten bestanden und gaben ein großes Fest in der Pension. Auch Lulla nahm daran teil, Giugiù allerdings fehlte.

«Du siehst traurig aus, Lulla», sagte Nenè nach dem Essen. «Aber Giugiùs Idee geht doch auf, oder?»

«Sicher, im Moment. Aber was wird am Achtundzwanzigsten sein, wenn Giugiù Don Stefano das Geld für einen weiteren Monat nicht geben kann?»

«Hat er denn Probleme, das Geld aufzubringen?»

«Natürlich, er hat überhaupt kein Geld.»

«Aber er hat es doch bereits einmal beschafft. Bekommt er das nicht ein zweites Mal hin?»

«Dazu fehlt ihm der Mut, sagt er. Und mir graust davor, weiterzumachen wie davor. Allein bei dem Gedanken an einen anderen Mann wird mir schlecht.»

Inzwischen war es nicht mehr möglich in der Stadt zu wohnen. Ebenso hätte man im Schützengraben übernachten können. Es gab weder Licht noch Wasser. Ciccios Familie war nach Cammarata geflohen, doch

Ciccio erhielt die Erlaubnis, wenigstens so lange in Vigàta zu bleiben, bis Nenè die Stadt verlassen musste. Denn inzwischen hatte Nenè die rosa Karte erhalten, die junge Männer vorzeitig zum Militärdienst einberief. Er war der Marine zugeteilt worden und würde sich am ersten Juli in Ràghiti an der Ostküste der Insel einfinden. Der letzte Montag, an dem Ciccio, Nenè und Jacolino zum Essen in die Pension gingen, war der sechsundzwanzigste Juni. Am späten Nachmittag, als es schon dämmerte, wollten die Jungen frischen Fisch auf dem Schwarzmarkt kaufen. Zwei Segler fuhren noch zum Fischen hinaus und riskierten dabei ihr Leben. Als Ciccio, Nenè und Jacolino am Hafen auf die Boote warteten, begegneten sie Lulla und Giugiù. Sie wunderten sich: Sie hatten die beiden noch nie in der Öffentlichkeit zusammen gesehen.

Giugiù war gut gekleidet, er hatte sich gekämmt und rasiert. In der Hand trug er einen strohgeflochtenen Einkaufskorb. Auch Lulla sah elegant aus. Sie hatte so viel Parfum aufgetragen, dass ihr gleichsam eine Duftwolke hinterherschwebte. Die beiden hielten sich an der Hand, es sah aus, als hätten sie sich für ihre Hochzeit gekleidet.

«Wohin geht ihr?»

«Wir sind es leid, immer nur in der Pension zu sein. Wir machen eine kleine Fahrt mit dem Boot, das Giugiù gemietet hat.»

Ciccio sah Giugiù erstaunt an.

«Ja, bist du denn völlig verrückt geworden? Weißt du nicht, dass es da draußen nur so wimmelt von amerikanischen und englischen Schiffen? Die schießen euch doch sofort ab!»

«Aber woher!», sagte Giugiù. «Ich halte mich dicht am Ufer. Da besteht keine Gefahr. Wenn sie Lulla suchen, sagt, dass ich sie morgen Nachmittag wieder in die Pension zurückbringe. Schließlich gehört sie noch bis morgen mir.»

«Wollt ihr denn die ganze Nacht draußen bleiben?», fragte Nenè.

«Sicher. Und auch morgen Vormittag noch. Ich habe genug zu essen mitgebracht», antwortete Giugiù und zeigte auf den Korb, den er in der Hand hielt.

«Ihr seid verrückt geworden», sagte Nenè kopfschüttelnd.

Sie umarmten sich zum Abschied. Lulla und Giugiù gingen zu dem kleinen Boot, das noch vertäut im Hafen lag. Sie stiegen hinein, hoben den Arm noch einmal zum Gruß, und als Lulla sich setzte, ließ Giugiù das Ruder ins Wasser. Da legten auch schon die beiden Fischer in ihren Segelbooten an.

Beim Abendessen ging es alles andere als heiter zu. Tania, eines der Mädchen, hatte erfahren, dass ihr Bruder im Krieg gefallen war. Sie bat Signora Flora, auf Nenès Schoß sitzen zu dürfen, der ihr wie einem Kind sanft kleine Stücke Käse in den Mund schob. Immer wieder brach sie in Tränen aus und verbarg ihr Gesicht an seiner Brust. Irgendwann fragte sie:

«Hat Lulla dich umarmt?»

«Ja, vorhin.»

«Du hast ihr Parfum noch an dir.»

Unter Tränen verabschiedeten Ciccio und Nenè sich schließlich von den Mädchen. Draußen vor der Pension umarmten die beiden sich noch einmal fest, ohne ein Wort zu sagen. So standen sie eine Weile, dann ließen sie die Arme sinken, und ihre Wege trennten sich.

Nenè fuhr nach Montelusa, um die letzte Nacht mit Giovanna zu verbringen. Am nächsten Morgen kehrte er nach Vigàta zurück und verabschiedete sich von seinem Vater, der wegen seiner militärischen Verpflichtungen im Hafen blieb. Dann fuhr Nenè in das kleine Dorf, wohin seine Mutter und andere Verwandte geflohen waren. Am dreißigsten Juni um sieben Uhr morgens nahm er den Zug nach Ràghiti. Er dachte, die Fahrt würde nur drei Stunden dauern, aber er kam erst am nächsten Morgen an. Die Bomben hatten die Eisenbahnschienen beschädigt, und so mussten sie auf freiem Feld warten, bis der Zug weiterfahren konnte. Nach der Ankunft meldete er sich gleich in der Marinekommandantur. Er zeigte seine Karte und wurde zu einem Maresciallo geschickt, der seinen Namen in ein Register eintrug.

«Und wo bekomme ich meine Uniform?»

Der Maresciallo lachte laut auf.

«Uniform? Was für eine Uniform? Wir haben keine Uniformen mehr. Nimm das hier, das ist deine Uniform!»

Er reichte Nenè eine Armbinde, auf die die Buchstaben CREM gestickt waren.

«Was bedeutet das?»

«Das bedeutet *Corpo Reale Equipaggio Marittimi*, Königliches Corps der Maritim-Mannschaft.»

«Und wie mache ich die Binde fest?»

«Mit einer Ammenklemme.»

«Wie bitte?»

«Mit einer Sicherheitsnadel.»

«Und wo finde ich die?»

«Wir haben keine mehr. Wir haben hier überhaupt nichts mehr, begreifst du das denn nicht? Und jetzt geh zum Hafen und melde dich bei Tenente Cammarano.»

«Schiffen sie mich ein?»

«Wo zum Teufel sollen sie dich denn jetzt noch einschiffen? Wir haben keine Schiffe mehr, sie sind alle zerstört. Das Einzige, was uns geblieben ist, sind unsere Augen zum Weinen.»

Nenè steckte sich die Binde in die Tasche und ging. Kaum war er draußen, waren wieder Flugzeuge am Himmel. Er lief zum nächsten Unterschlupf. Die Flugzeuge hier waren noch erbarmungsloser als die in Vigàta; mit denen war nicht zu spaßen.

Endlich erreichte er den riesigen Bunker, in dem das Dienstkommando untergebracht war. Der Oberleutnant zur See Cammarano erklärte Nenè, während er eine Sicherheitsnadel suchte, dass die Aufgabe seiner Truppe darin bestehe, Schutt wegzuräumen und Leichen beziehungsweise Leichenteile zu bergen. Nachdem er die Nadel gefunden hatte, befestigte er höchstpersönlich die Binde an Nenès linkem Ärmel. Nenè fragte ihn, wo er sein Gepäck lassen könne.

«Bett Nummer fünfundzwanzig, unten.»

Der Schlafsaal war im selben Bunker und bestand aus Doppelstockbetten, in denen jeweils zwei Soldaten Platz fanden. Neben jedem Bett stand eine Holzkiste.

«Leg deine Sachen hier rein und schreib deinen Namen auf das Schild.»

Die ganze Nacht über drang das dumpfe Geräusch der explodierenden Bomben in den Bunker. Bei Tagesanbruch standen die Soldaten auf. Draußen war es schon um fünf Uhr morgens so heiß, dass Nenè augenblicklich der Schweiß ausbrach. Am Bunkerausgang nahm sich jeder eine Schaufel. Eine Straße war in der Nacht dem Erdboden gleichgemacht worden, und nun galt es, den Schutt zusammenzutragen. Nenè wusste nicht, wo er anfangen sollte.

«Du, Matrose, komm hierher!»

Einer in Zivil, der auf dem Ärmel seines Hemdes die Rangabzeichen eines Hauptgefreiten trug, rief Nenè zu sich.

«Fang da drüben an zu graben», sagte er und deutete auf einen hohen Schutthaufen. «Das war einmal ein Puff.»

«Glauben Sie, dass wir unter den Trümmern Tote finden?», fragte Nenè.

Er hatte Angst, auf eine Leiche zu stoßen.

«Das glaube ich nicht. Wir haben schon vor zwei Tagen alles nach menschlichen Überresten abgesucht. Aber wer weiß ...»

«Und sagen Sie ... Falls doch ... Was soll ich dann tun?»

«Dann rufst du einen von uns. Du kriegst das schon hin.»

Nachdem er bereits einige Stunden die Trümmer zusammengetragen hatte, stürzte mit einem Mal eine der wenigen übriggebliebenen Mauern ein. Eine dichte Staubwolke wirbelte auf. Nenè hustete, er bekam kaum noch Luft, und seine Augen tränten. Er bemerkte, dass die Mauer beim Einsturz eine Art Bogen freigelegt hatte, unter dem eine wunderschöne Statue aus weißem Marmor stand. Es war die Skulptur einer jungen Frau, völlig nackt, mit erhobenem Kopf, die Haare zu einem Knoten gebunden, die Brüste von vollkommener Form. Ihre Augen waren geschlossen, ihr Mund zu einem stummen Schrei geöffnet, ihre Hände zum Gebet gefaltet. Wen stellte sie dar? Dass man in einem Bordell die Statue einer nackten Frau aufstellte, leuchtete Nenè ein, was er nicht verstand, war der Umstand, dass die Statue eine Haltung einnahm, die besser in eine Kirche gepasst hätte. Er berührte sie. Und da bemerkte er, dass sie nicht aus Marmor war, sondern aus Fleisch und Blut. Die Totenstarre hatte längst eingesetzt, und so hatte die Leiche wie eine Statue ausgesehen. Es waren keine Verletzungen erkennbar. Der Staub bedeckte ihren ganzen Körper, und wahrscheinlich war sie daran qualvoll erstickt.

Nenè warf die Schaufel weg. Er krümmte sich vor Entsetzen und erbrach sich.

Kaum dass er abends in seinem Bett lag, schlief er erschöpft ein. Auch die Bomben, die ganz in der Nähe fielen, konnten ihn nicht wecken. Er schlief wie ein Toter.

Am dritten Vormittag bekam er ein paar Stunden Ausgang. Wie benommen ging er durch die menschenleeren Straßen und merkte nicht, wie ein Auto mit großer Geschwindigkeit auf ihn zukam. Der Fahrer konnte gerade noch rechtzeitig bremsen, doch hatte er Nenè gestreift, sodass er stürzte.

«Haben Sie sich wehgetan?», fragte der Fahrer, der ausgestiegen war und auf Nenè zueilte.

«Nein», sagte Nenè.

Der Fahrer reichte ihm die Hand, um ihm aufzuhelfen.

Nenè erstarrte. Denn er hielt die Hand eines Toten.

Es war Baron Giannetto Nicotra di Monserrato, dessen Leiche man unter den Trümmern seines Hauses gefunden hatte. Der, für den Siria sich möglicherweise das Leben genommen hatte. Der Baron trug inzwischen einen Schnauzbart und sah aus wie ein Tatarenreiter. Auch er erkannte Nenè wieder.

«Ach, du bist es. Buongiorno», grüßte er und wirkte nicht gerade überrascht.

«Aber Sie … Sie …»

Nenè war noch immer fassungslos.

«Hör zu, ich erklär's dir. Warte in dem Café da vorne auf mich. Ich fahre nur das Auto an den Straßenrand und komme dann nach.»

Der Baron humpelte zu seinem Sportwagen, demselben, den er früher gefahren war. Also war das Auto offenbar doch nicht gestohlen worden. Nenè setzte sich an den kleinen Cafétisch. Der Baron ließ sich auf dem Stuhl gegenüber nieder.

«Was nimmst du?»

«Einen Orangensaft.»

Nenè hatte einen trockenen Mund.

«Ich trinke einen Kaffeeersatz.»

Der Baron sah Nenè an.

«Aus deiner Verwunderung schließe ich, dass ich es geschafft habe, euch alle an der Nase herumzuführen.»

«Das kann man wohl laut sagen. Wissen Sie, dass Siria verschwunden ist, nachdem …»

«Natürlich weiß ich das. Wir haben einen Treffpunkt ausgemacht, wo ich auf sie gewartet habe, und dann sind wir mit meinem Wagen nach Messina gefahren.»

«Dann wusste Siria also, dass Ihr Tod eine Finte war?»

«Sicher wusste sie das! Wir haben uns doch die ganze Sache gemeinsam ausgedacht.»

Ein Kellner brachte die Getränke.

«Aber da ich es nicht geschafft habe, die Meerenge zu überqueren», fuhr der Baron fort, «sind wir hier gelandet. Ein Freund hat mir die Schlüssel für sein Landhaus gegeben, vier Kilometer von Ràghiti. Ich bin nur in die Stadt gekommen, um ein paar Einkäufe zu machen. Hör zu, hast du heute Abend Zeit? Wenn ja, komm doch zu uns zum Essen. Siria wird nicht schlecht staunen.»

«Nein danke. Ich muss zum Kommando zurück. Aber eines interessiert mich doch: Von wem stammen die menschlichen Überreste, die man in den Trümmern Ihres Hauses gefunden hat?»

«Ach so, ja. Mein Landaufseher hat sich darum gekümmert. Heutzutage ist es nicht besonders schwierig, eine Leiche aufzutreiben. Wir haben ihr meinen Ring an den Finger gesteckt, damit kein Zweifel aufkommt. Und dann hat mein Landaufseher während der Bombenangriffe mein Haus mit Dynamit in die Luft gejagt.»

«Verstehe. Aber haben Sie keine Angst, dass der Landaufseher redet?»

«Was für ein Interesse sollte er daran haben? Ich habe ihm meinen gesamten Besitz zu einem Vorzugspreis verkauft. Wenn das Gesetz oder meine Frau davon erfährt, bekommt er große Schwierigkeiten.»

«Und wie sehen Ihre Pläne jetzt aus?»

«Sobald es möglich ist, überqueren wir die Meerenge und fahren in die Schweiz. Dort habe ich mehr Geld als genug.»

Er stand auf und suchte in seiner Tasche nach ein paar Münzen.

«Ich zahle», sagte Nenè.

Zum Abschied gaben sie sich die Hand.

«Und bitte: kein Wort zu irgendjemandem», sagte der Baron.

«Seien Sie unbesorgt. Und viele Grüße an Sir..., an Ihre Frau.»

«Ich werde es ausrichten.»

Inzwischen schlief Nenè jede Nacht so fest, als wäre er bereits tot. Seine Knochen waren müde von der schweren körperlichen Arbeit. In der Nacht vom achten auf den neunten Juni weckte ihn der Matrose, der auf der Pritsche neben ihm schlief.

«Die Amerikaner sind gelandet.»

«Wo?»

«Zwischen Gela und Licata.»

Nenè trug noch die Kleider vom Vorabend, da er nicht die Kraft gehabt hatte, sich umzuziehen, bevor er sich aufs Bett gelegt hatte, und sofort eingeschlafen war. Er stand auf und ging quer durch den Raum zur Tür. Die anderen hatten bereits von der Landung der Amerikaner erfahren und waren hellwach. Am Ausgang des Bunkers blickte Nenè sich um, konnte aber keine Wachposten sehen. Er trat ins Freie – wegen der explodierenden Bomben war es taghell. Nenè zog die Binde ab und ließ sie einfach fallen. Er war dabei zu desertieren, aber es kümmerte ihn einen Dreck. Leichten Schrittes und mit der festen Überzeugung, dass keine Bombe, kein Geschoss, kein Splitter ihn treffen würde, ging er durch die Straßen. Kein Mensch war zu sehen. Er ließ Ràghiti hinter sich und ging immer weiter, bis er auf die Straße kam, die zu dem Dorf führte, wo seine Familie untergebracht war. Italienische Soldaten nahmen ihn im Morgengrauen mit ihrem Lastwagen ein Stück mit. Doch den Lastwagen sollte es nicht mehr lange geben: Sie wurden von zwei Flugzeugen unter Beschuss genommen, und das Fahrzeug brannte vollständig aus. Nenè und die Soldaten hatten die Flugzeuge am Himmel gesehen und waren über die Felder davongelaufen, um sich in Sicherheit zu bringen.

Bei Sonnenaufgang verließen Nenè die Kräfte, er konnte nicht mehr weitergehen. Da entdeckte er eine Hütte am Wegesrand.

«Könnte ich wohl ein bisschen Wasser haben?», fragte er den Bauern, der vor der Hütte auf einer Bank saß.

Wortlos hielt der Bauer ihm einen Krug mit frischem Wasser hin.

«Desertiert?»

«Ja. Woher wissen Sie das?»

«Weil von deiner Sorte schon mindestens zehn andere hier vorbeigekommen sind. Hast du Hunger?»

«Ja.»

«Ich kann dir nur ein paar geröstete Bohnen anbieten.»

Italienische Militärfahrzeuge fuhren an der Hütte vorbei ins Landesinnere; sie zogen sich von der Küste zurück, wo die Amerikaner gelandet waren. Ein Lastwagen kam auf die Hütte zu und blieb unvermittelt stehen. Die Soldaten stiegen herunter, schoben den Wagen von der Straße in einen Graben und kletterten hastig auf einen anderen vollgepackten Lastwagen, der neben ihnen gefahren war.

War das die Niederlage? Fliehen ohne Plan, völliges Durcheinander? Wer schneller rennt, kommt eher an? Und wo sollte dieses Wettrennen hinführen? Zur Meerenge, diesem Flaschenhals, wo die amerikanischen Flugzeuge alle Zeit der Welt zum Töten hatten?

Ein weiterer Lastwagen fuhr vorbei. Nenè sah die Matrosen in Uniform und stellte sich mitten auf die Straße, damit der Fahrer anhielt. Der Unterführer sah freundlich aus.

«Woher kommt ihr?»

«Aus Vigàta.»

«Los, fahr weiter», riefen die Matrosen, die auf der Ladefläche saßen, dem Fahrer zu.

«Warum verlasst ihr die Stadt?»

«Vigàta ist völlig zerstört worden, alle Schiffe sind gesunken oder in See gestochen, die Flugabwehr existiert praktisch nicht mehr. In spätestens drei Tagen marschieren die Amerikaner in die Stadt ein. Wenn du willst, kannst du mit uns kommen, wir fahren nach Messina ...»

«Danke, nein.»

Was war aus seinem Vater geworden? Plötzlich spürte Nenè wieder Kraft in sich, und er machte sich von Neuem auf den Weg. Irgendwann wurde er von einer deutschen Beiwagenmaschine überholt. Der Fahrer, ein Soldat, hielt sofort an, als er Nenè sah, und bedeutete ihm einzusteigen. Sobald die Maschine anfuhr, war Nenè in einen tiefen Schlaf gesunken. Er träumte, dass er in einen Brunnen gefallen war und dass jemand ihn mit Steinen bewarf, sodass er noch tiefer sank. Als er aufwachte, war alles still. Nicht einmal die Vögel sangen. Er wusste nicht, wie lange er geschlafen hatte. Das Motorrad stand am Straßenrand, der deutsche Soldat schlief.

Schlief er tatsächlich? Wo war die andere Hälfte seines Schädels? Nenè sprang auf. Er hatte so fest geschlafen, dass er nicht einmal gehört hatte, wie sie unter Beschuss genommen worden waren.

Die Nacht verbrachte er im Halbschlaf unter einem Johannisbrotbaum. Am nächsten Morgen erreichte er mit blutigen Füßen das Dorf, in dem seine Mutter untergebracht war. Als sie ihn sah, fing sie an zu weinen.

«Hast du Nachrichten von Papà?», fragte sie.

«Nein.»

Nur ein paar Stunden später trafen die Amerikaner im Dorf ein und brachten an den Hauswänden folgende Mitteilung an:

Alliierte Militärregierung
des besetzten Gebiets
Ich, Harold R. L. G. Alexander, General, Kommandierender General der Alliierten Streitkräfte und Militärgouverneur des besetzten Gebiets, erkläre hiermit dieses Dorf als befreit …

Ist das nicht ein Widerspruch?, fragte sich Nenè. Wenn dieses Dorf befreit wurde, wieso ist es dann besetztes Gebiet?

Zumindest würde er auf dem Weg nach Vigàta nicht mit Angriffen rechnen müssen. Er fand ein Fahrrad und brach am nächsten Morgen auf. Mehr als acht Stunden brauchte er bis Vigàta, weil ihn immer wieder amerikanische Lastwagen, Panzer und Geländewagen von der Straße drängten. Einmal geriet er auf ein versengtes Feld, auf dem gefällte Bäume lagerten. Dazwischen sah er vier ausgebrannte italienische Panzer, die Luken ohne Deckel. Daneben lagen zwei Tote, die in der Sonne schmorten. Ein anderes Mal sah er einen Lastwagen am Straßenrand. Ein paar Schritte entfernt stand eine Gruppe amerikanischer Soldaten, die miteinander scherzten und sich gegenseitig auf die Schulter klopften. Nenè trat näher.

Im Schatten eines Olivenbaums lag ein nacktes Mädchen. Neben ihr saß ein Mann, ganz in Schwarz gekleidet, mit einem Hut auf dem Kopf. Er hatte es sich auf den Kleidern des Mädchens bequem gemacht, in der Hand hielt er einen Schwamm, vor ihm standen eine Schüssel mit Wasser und eine Schuhschachtel mit Dollar-Noten. Das Mädchen hatte die Augen geschlossen, die Arme ausgestreckt und die Beine gespreizt. Sie wirkte wie tot, sie bewegte sich nur, wenn ihr der amerikanische Soldat, der auf ihr lag, einen weiteren Stoß verpasste. Sie verjagte nicht einmal die Fliegen, die sich auf ihr Gesicht setzten. Auch als der Mann mit dem Hut den Dollar-Schein des Soldaten entgegennahm und ihr mit dem Schwamm kurz über die Stelle zwischen ihren Beinen ging, bewegte sie sich nicht.

Die Stadt lag in Trümmern, war aber nicht völlig zerstört, wie der Matrose Nenè gesagt hatte. Das Haus seiner Eltern war unversehrt, während das auf der gegenüberliegenden Straßenseite dem Erdboden gleichgemacht worden war. Nenè schloss die Tür auf und sah sich um. Auf wunderliche Weise war nichts zu Schaden gekommen.

Er ging hinunter zum Hafen mit den zahllosen Motorbooten, die, sobald sie festen Boden unter sich hatten, zu Lastwagen wurden und die Straßen in Wasser und Schlamm verwandelten. Am Hafen stand auf einer Art Podest ein Soldat mit einem Fähnchen in jeder Hand und regelte den Verkehr.

Da entdeckte Nenè seinen Vater. Sein Herz schlug schneller. Er sah seinen Vater, wie er da stand und mit zwei amerikanischen Marineoffizieren sprach, und dachte, dass sie noch einmal davongekommen waren. Sie hatten es geschafft.

Auf dem Weg nach Hause kam Nenè an der Stelle vorbei, wo die Pension Eva gewesen war. Er erkannte erst gar nicht, wo er war. Auch das Holzlager und das Haus links daneben waren zerstört worden; dort war nur ein großer Schutthaufen zu sehen. Er erschrak, doch nach allem, was er gesehen hatte, fehlte ihm die Kraft, traurig zu sein.

Als er über den Marktplatz vor dem Rathaus ging, hörte er jemanden seinen Namen rufen. Er drehte sich um und sah Ciccio. Sie stürmten aufeinander zu und riefen laut den Namen des anderen, als lägen Kilometer zwischen ihnen. Sie umarmten sich so fest, dass sie einander beinahe erstickten.

«Seit wann bist du hier?», fragte Ciccio.

«Seit einer Stunde, ich bin mit dem Fahrrad gekommen. Und du?»

«Seit gestern. Lass uns heute Abend zusammen essen. Dann können wir uns alles erzählen und unser Wiedersehen feiern.»

«Gerne. Aber was gibt es denn zu feiern, außer dass wir am Leben sind?»

Ciccio war sprachlos.

«Aber ist denn heute nicht dein achtzehnter Geburtstag?»

Nenè schlug sich an die Stirn.

«Stimmt ja! Weißt du, dass ich das völlig vergessen habe? Wohin wollen wir gehen?»

«Am besten raus aus der Stadt. Hier ist es zu heiß, und überall riecht man den Tod. Du brauchst dich um nichts zu kümmern. Ich hole dich um acht mit dem Fahrrad ab.»

Ciccio hatte recht: Zunächst war es Nenè gar nicht aufgefallen, aber jetzt nahm er den Geruch des Todes deutlich wahr. Bei der großen Hitze verwesten die Leichen unter den Trümmerhaufen schnell.

Ciccio kam um acht Uhr. Auf dem Gepäckträger hatte er eine Kiste frische Sardinen, und am Lenker hing ein Beutel mit drei Flaschen Wein.

«Nimm du den Wein, ich kann sonst nicht richtig treten. Unterwegs müssen wir noch einen Nonnenziegel für das Feuer finden.»

«Das dürfte nicht schwer sein, bei all den zerstörten Häusern. Wohin fahren wir?»

«Zur *Scala dei Turchi.*»

Als sie am Fuß der *Scala* ankamen, war die Sonne schon fast untergegangen. Der Strand war menschenleer, und im Wasser wimmelte es von Kriegs- und Transportschiffen, die die Sicht auf den Horizont versperrten. Eine Weile lagen die beiden im Sand, dann suchte Ciccio ein paar Steine für das Feuer zusammen, während Nenè trockene Zweige sammelte. Am Ufer legten sie die Steine in einen Kreis. Ciccio schichtete ein paar Zweige übereinander, zündete sie an und legte den Nonnenziegel, der inzwischen wieder sauber war, weil Nenè ihn in die Brandung gelegt hatte, mit der Wölbung nach oben darauf. Jetzt mussten sie nur noch warten, bis der Ziegel heiß wurde. Sie entkorkten eine Flasche.

Die Nacht war mild, kein Lüftchen regte sich. Nur das leise Geräusch der Dünung war zu hören.

«Eigentlich haben wir uns ja nur zwei Wochen nicht gesehen. Aber es kommt mir vor wie eine Ewigkeit», sagte Ciccio. «Wie ist es dir in Ràghiti ergangen?»

«Schlecht.»

Und er erzählte ihm, was er in den letzten Tagen erlebt hatte.

«Und wie war es in Cammarata?»

«Eigentlich gut. Und weißt du was? Ich habe Angela getroffen, deine Cousine.»

«Ach, wirklich? Wie geht es ihr?»

«Gesundheitlich geht es ihr gut. Aber ihr Mann ist ein elender Hund. Er ist tagsüber fast nie zu Hause und schlägt sich mit Kartenspielen auch die halben Nächte um die Ohren. Doch im Ort sagt man, dass Angela, wenn ihr Mann nicht da ist, Herrenbesuch empfängt. Sie setzt ihm die Hörner auf. Ich habe gehört, dass ...»

Es war wohl besser, das Thema zu wechseln.

«Und was gibt es für Neuigkeiten von der Pension?»

«Ich bin am Siebenundzwanzigsten nach Cammarata gefahren, musste aber am vierten Juli für einen Vormittag nach Vigàta. Die Pension war einen Tag zuvor zerbombt worden. Die beiden Jacolinos waren da, Vater und Sohn, und sie weinten. Sie haben mir gesagt, dass Signora Flora und die Mädchen in Sicherheit sind. Sie hatten sich in den Luftschutzraum retten können.»

«Und wo sind sie jetzt?»

«Ich weiß es nicht. Ist der Ziegel schon heiß?»

«Ich glaube, er braucht noch ein bisschen. Ich will dir etwas erzählen, was mir in Ràghiti passiert ist. Aber du darfst es niemandem weitersagen.»

«Mein Ehrenwort.»

«Der Baron und Siria leben.»

Ciccio, der sich ausgestreckt hatte und die Sterne beobachtete, fuhr hoch und stützte sich jetzt auf die Ellbogen. Im Schein des Feuers sah Nenè, wie verblüfft sein Freund war.

«Was sagst du da?»

Nenè erzählte ihm die ganze Geschichte, und sie prusteten los.

«Es ist ja auch möglich, dass ...», fing Ciccio an. Ihm war plötzlich ein Gedanke gekommen.

«Was?»

«Dass Lulla und Giugiù die gleiche Idee hatten.»

«Wieso? Sind sie etwa nicht von ihrer Bootsfahrt zurückgekommen?»

«Nein, wir waren die Letzten, die die beiden gesehen haben. Vielleicht sind sie hier an Land gegangen und dann abgehauen.»

«Hat man denn das Boot gefunden?»

«Nein. Aber das ist ja kein Wunder bei dem Chaos, das da draußen auf dem Meer herrscht ...»

Wieder mussten sie lachen. Sie hatten gar nicht gemerkt, dass sie die erste Flasche bereits ausgetrunken hatten. Gut gelaunt legten sie die ersten Sardinen auf den glühenden Ziegel, die nach kurzer Zeit gar waren. Schweigend aßen sie.

Essen, trinken, der Brandung lauschen, mit dem

besten Freund, den man eben wiedergefunden hat: Was gab es Schöneres im Leben?

Der Krieg war vorbei, und schon jetzt war er nicht mehr als eine vage Erinnerung, fast als hätte er gar nicht stattgefunden. Vielleicht hatten sie ihn nur geträumt?

Mit einem Mal hielten sie inne und blickten sich im Schein des Feuers an. Beide stellten sie sich dieselbe Frage: Wieso schmeckten die Sardinen nach Minze, Zimt und Gewürznelken?

Sie hatten sich geirrt. Lulla und Giugiù waren nicht mehr an Land gegangen. Sie waren aufs Meer hinausgefahren, um dort gemeinsam zu sterben.

Ciccio widmete sich wieder seiner Sardine. Aber Nenè rührte sich nicht.

«Los jetzt, Nenè, nun iss, was können wir schon tun? Außerdem haben die Sardinen ein ausgezeichnetes Aroma.»

Gegen drei Uhr morgens kehrten sie in die Stadt zurück. Sie hatten alle Sardinen aufgegessen und die drei Weinflaschen geleert. Immer wieder fielen sie fast von ihren Rädern, weil sie so betrunken waren. Als sie an dem Schutthaufen ankamen, der einmal die Pension Eva gewesen war, stiegen sie ab und setzten sich auf einen der verkohlten Balken. Ciccio zog ein Päckchen amerikanischer Zigaretten heraus und zündete sich eine an. Nach einer Weile sagte Nenè:

«Gib mir auch eine.»

Und er rauchte die erste Zigarette seines Lebens.

Anmerkung des Autors

Dieser Roman ist ein erzählerischer Ausflug, den ich kurz vor Vollendung meines achtzigsten Lebensjahres unternommen habe.

Die Pension Eva ist kein historischer Roman und kein Kriminalroman. Glücklicherweise kann man dieses Buch nicht genau einordnen. Es liest sich ein bisschen leichter als meine übrigen Romane, und auch der Titel ist anders. Die Pension Eva ist nicht autobiographisch, auch wenn die Hauptfigur den Namen trägt, den ich früher bei meiner Familie und meinen Freunden hatte. Der historische Kontext ist authentisch, und die Pension Eva hat es wirklich gegeben. Die Begebenheiten, von denen ich erzähle, und die Namen derer, die sich dort begegnen, sind allerdings frei erfunden.

A.C.

Aus folgenden Werken wurde zitiert:

Ludovico Ariost, Der rasende Roland, Winkler, München 1980.

Marcel Proust, Im Schatten junger Mädchenblüte, aus: Werke, Suhrkamp, Frankfurt a.M. 1995.

Arthur Rimbaud, Sämtliche Dichtungen, Lambert Schneider, Heidelberg 1960.